作 あんのまる
絵 moto
100億円求人
100億円求人
10,000,000,000 yen job offer
さて――
ヤバい仕事を、
はじめようか。
KADOKAWA

この世界には、わからないことが、たくさんある。
そして、わからないほうが良いことも、たくさんある。
たとえば、伝説の武器商人、本郷武蔵が隠したかった真実とか。
まあ、ぼくの話は、だいたいテキトウだから、信じすぎないほうがいいけどね。

目次 CONTENTS

人物 CHARACTERS

「楽しみだなぁ」
高橋勇誠（たかはしゆうせい）
YUSEI TAKAHASHI
偽造師
手先が器用な、剣道部員の爽やか好青年。
心念あざみ（しんねんあざみ）
AZAMI SHINNEN
「気を引くのは得意なんだ」
計画立案担当
愛嬌がある、甘えたがりで執念深い策士。

「あんたらグルやったんか！」
椋露路楓
むくろじかえで
KAEDE MUKUROJI
リーダー・腕力担当
潔癖症で怪力な、真面目美丈夫。
「う、うん、僕も知ってた」
阿音モネ
あねもね
MONE ANE
ハッカー
逃げ足が速く、すぐ人を売る泣き虫少年。

装画・挿絵／ｍｏｔｏ
ブックデザイン／しおざわりな（ムシカゴグラフィクス）

満月が浮かぶ暗闇のなか。

ハァッハァッ　ハァッハァッ
４つの小さな影が、古レンガに囲まれた道を駆け抜ける。

その影の１つ——ぼくは、３人の仲間と逃げていた。

「どこだ！　クソガキども！」

背後から、男の怒鳴り声が響く。

ぼくたちは一瞬だけ目を合わせて、吸う息すら押し殺して走りつづけた。

「よし、こっちに逃げよう」

入り組んだ道の先を確認して、ぼくは３人に合図する。

「このままやと、見つかってまう！」

「ハァッ　ぼ、僕、ハァッ　もうむりっ」

「なんでこんなことになったんだよ」

なんでこんなことになったか。

それは、ぼくらがあるゲームをしたから。

ぼくたちは、その勝負に勝った——はずだった。

「絶対に逃がさねえぞ！」

男の足音が、すぐそばまで来てる。そのとき——

ガッ　息絶え絶えだった仲間が、盛大に転んだ。

「ぐぇっ」

その声に、背後の足音が、一瞬止まった。

心臓が、ドクッと跳ねる。

場所が、バレたんだ！

仲間を立ち上がらせて、ぼくたちは全速力で角を曲がった。

でも、その先は――行き止まり。

「両手を上げろ」

ゆっくりと振り返れば、男が銃を構えていた。

ぼくらは、逃げきれなかったんだ。

両手を上げたぼくたちに、つきつけられたのは。

銃弾ではなく――**ガチャッ**
〝首輪〟だった。

「この軍用デバイスは、お前たちの位置も音声も、全てを監視する。このスイッチを入れたら、お前たちが100メートル以内に近づいた瞬間に、これは爆発する」

「「「そんな！」」」

声をあげるぼくらに、リモコンをにぎった男は言った。

「100億円だ。100億円で、この首輪を外してやる」

そして、男はするどい眼で笑った。

「お前たちは、絶対に、**逃げられないからな**」

SECTION1 どんなゲームをしようか

1．100億円求人

――　4年後　――


はじめまして。

最初に一言で自己紹介をするなら。

ぼくは、自分を表すのに〝ちょっと変わってる〟って言葉を選ぶ。

いまこれを読んでいるきみに知らせておきたいのは、ちょっと変わってるぼくの物語には、不思議な能力を使える石も、世界がおわりに近づく陰謀もないってこと。

あるのは、うそつきなぼくらが、中学2年生の夏休みに、ある求人に参加する話だ。

でも、面白さは保証する。

だって、剣道部のただの14歳のぼくの首には。

〝首輪〟がある。

24時間監視される、絶対に外せない枷が。

4年間、そんなものをつけてるぼくの話を、きみもきっと気に入ると思う。

これからぼくの話をはじめる前に、もう1つ、2つ、自己紹介をしておきたい。

ぼくの名前は、高橋勇誠。

ぼくにはいわゆる、衝動的に行動してしまうところがある。
スパァーンッ
そう、いままさに、竹刀を振り下ろしたところなんだ。

「はぁ」

夏休みの1日目が終わる、夕暮れどき。

ため息をついたぼくは、小走りで住宅街を通り抜けた。

だれも追いかけてこないってわかっていても、ぼくの歩幅は広くなる。

剣道着や防具の入ったバッグと、布袋に入った竹刀が、何度も跳ねてぼくの背中にあたる。

「夏休み、もう部活には行けないな……」

首についた枷が、いつもより苦しく感じて、ぼくはのどに手をあてた。

ふいに思い出すのは、4年前の夏休みのこと。

「みんな、いま何してるかな……」

一緒に過ごした3人とは、いまは連絡がとれない。

あのとき、あの男から逃げきれていたら、いま、どんな生活を送れてたんだろう。

――「100億円で、この首輪を外してやる」――

ぼくらを捕まえた男は、4年前にそう言った。

「100億円かぁ、ほしいな」

沈む間際の陽が、空を紫に染めるころ。

ぼくが足を止めたのは、人気のない路地裏の先にある、廃工場。

「ここに来るの、ひさしぶりだなぁ」

嫌なことがあったとき、家に帰りたくないとき、ぼくはここにやってくる。

うす暗い工場内には、さびれた掲示板があって、いつ来ても新しい紙が貼ってあるんだ。

多いときで10枚、少ないときでも3枚はある。

「今日は、4枚か」

紙に書いてあるのは、〝求人〟だ。

それも、ふつうのインターネット上や求人広告にはのってないようなもの。

ちょっと変わってる不思議なお手伝いとかが多くて、おこづかい程度にしかならないものだ。

「この夏休み、部活に行かないで、家にも帰らなくていいのがあればいいなぁ」

ふと、ある1枚の紙が目にとまった。

その求人内容を見て、ぼくは思わず笑い声を上げた。

あの最高で最悪の夏休みから、4年。

「あっははっ　行こう」

そこには**【100億円求人】**って書かれていた。


こうしてぼくは、この夏、最高の逃げ道を見つけた。

【100億円求人情報】

集合日時：8月1日（土）午前0：00
集合場所：名古屋駅 バスターミナル
服装：ピアス・髪色・ネイル自由
内容：あるものを手にいれるかんたんなお仕事です
　経験者大歓迎・中学生もOK
　アットホームな職場です！
　ものづくりや情報収集、コミュニケーション能力や腕に自信のある人を募集中
実施期間：8月1日～8月30日（食事・宿つき）
報酬：100億円

2. ぼくの夜の旅路

7月31日　午後11：00

真夏の夜。

ぼくはいまから、求人情報に書かれた集合場所に向かう。

重たいエナメルバッグを肩にかけて、2階の自分の部屋を出れば。

1階のテレビから、ニュースキャスターの声が聞こえてくる。

――**つづいてのニュースです。本郷グループが8月30日に、【トコヨノクニ】というカジノシティをオープンすることを公表しました。ここは日本海に位置しており**――

リビングのソファには、眠ってる父さんがいて、その周りには空っぽの缶ビールが落ちてる。

ため息がでた。

これは、ぼくがこの14年間で気づいたことなんだけど。

人って、変わる。

もしかしたら、もともとの性格を隠しきれなくなっただけかもしれないけど。

どっちにしろ、ぼくからしたら変わったように見えるんだ。

昔、「あいさつをするんだぞ」って言ってた父さんは、ぼくに「おはよう」も「いってらっしゃい」も言わなくなった。

「努力するんだぞ」とも言ってた父さんは、毎日、缶ビールを床に転がして、ソファで寝てる。

だからぼくは、変わってしまったことを元に戻そうとしてる。

家のあちこちに、昔とそっくりの家具を置いたり。

数年前に妹が走ってぶつけた傷とかを再現したりして。

昔住んでた家と同じにするために、ぼくが全部、元に戻してるんだ。

出ていった母さんと妹が、いつ帰ってきてもいいように。

何度も捨てられる家族写真を、ゴミ箱から拾ったりしながら。

「いってきます」

返事がこないのは、わかってる。

でも、これは毎回言うようにしてるんだ。

いつか返事がくるかもしれないから。


午前0時。

名古屋駅のうす暗いバスターミナルには、ぼく1人しかいなくて。

ふいに聞こえたエンジン音とともに現れたのは。

闇にまぎれそうな黒いバスだった。

明らかに、全てが怪しかった。

カーテンが閉められたバスには、テレビで見た軍用車両と同じ素材が使われていて。

ドアから現れた男の、黒いスーツのジャケットには、銃のふくらみがある。

心臓が、ドクドクと波打つ。

この求人を出した人物について、ある程度の確信はあったけど。

ぼくの想定している人と、行き先とが１００％合っているかは、わからなかった。

もし、本当にヤバい仕事で、臓器とかとられたらどうしよう。

不安と緊張、期待と興奮が、ぼくの手にじわりと汗をにじませる。

「これ、チラシを見ました」

チラシを見せても、男の反応はうすい。

ぼくは少しだけ考えて、えりを下げて首輪を見せた。

「乗れ」

即答だった。

ぐっと熱くなる体温に。

「あははっ　やっぱり合ってた！」

ぼくは久しぶりに、自分の心が動くのを感じた。

運転手と、黒いスーツの男とぼくだけが乗ったバスは、完璧なセキュリティ対策がされていた。

こんなバスで迎えられるなんて、ＶＩＰ扱いをうけてる気分だ。

「目的地まで、これをつけてもらう」

男に渡されたのは、黒い布の目隠し。

ＶＩＰじゃない。ぼくは極悪犯みたいに扱われてる気がする。

「まあでも、楽しみだなぁ」

暗くなった視界に、そのまま目を閉じて。

これから求人に参加するメンバーを思いながら、ぼくは眠りについた。

3. 求職者のかんたんな紹介

【求職希望　1人目】
氏名：高橋　勇誠
住所：愛知県名古屋市　所属：愛知県立●△●中学校2年生

高橋勇誠は、勇気があり誠実で、努力をおしまない好青年だ。

って、ぼくはよく言ってもらってた気がする。

これから求人の業務をはじめる前に、ぼくの夏休みの1日目に起きたことを、きみに話したい。


「メェーンッ」

「勝負あり！　高橋！」

ぼくは竹刀をおさめて、深く礼をした。

「ありがとうございました！」

剣道の練習試合を終えて面をとれば、先輩や同期に、よくやったって背中をたたかれる。

相手は、強豪校の主将。強い相手に勝てた。

でも——ぼくの心は動かない。

感情が、固まった心に入らないまま、すべり落ちていくみたいに。

「あー……高橋、あのＯＢになんか言われても、あんま気にすんなよ」

そうぼそっと耳打ちした先輩たちと向かうのは。

中学校の剣道場の渡り廊下にいる、ＯＢのおじさんのもと。

このＯＢは、夏休みの間だけ、顧問の先生に代わってぼくらを指導する。

ぼくはこの人のことが苦手だし、相手もぼくのことを気に入ってないと思う。

「高橋くん。きみは器用だから今回はたまたま勝てたけどね、もっと努力しないとだめだよ」

にたっとした笑いをふくんで、肩をたたかれた。

その手の重みにも言葉にも、笑顔は崩さないで、ぼくはうなずいた。

「はい！」

「きみ、いつも返事はいいけどね。本当にわかってる？　いまのままじゃ、きみのお父さんみたいになるから——」

「御指導ありがとうございます」

会話を終わらせるために言葉を重ねて、笑みを深めた。

このＯＢは、いつも主将だった父さんの話をする。

「きみのお父さんはすごかったよ。あいさつと努力ができる人だった。昔は尊敬してたんだよ」

大丈夫、この話はもう何回も聞いてる。いつものことだから、大丈夫、聞き流せる。

にたっと笑ったＯＢは、いまの変わっちゃった父さんの話もする。

「でも、人は、変わるからね。きみは、気を抜いたらだめだよ。お父さんみたいに、落ちこぼれるからね。人は、どう頑張(がんば)ったって、過去には戻れないんだから」

ああ、今日だけは、聞きたくなかった。

ぼくは自分の性格をよく理解してる。

このまま、この話を聞いてたら、だめだ。

「すみません、失礼します」

「まだ話は終わってないよ」

ＯＢに背を向けて、ぼくは竹刀と面を持った。

「高橋くん、きみは、自分のことから逃げちゃいけないよ」

あ、だめだ。

もう、むりだった。

ぼくは振り返りざま、右足を大きく踏(ふ)み込んで――

竹刀を振り下ろした。

スパァーンッ
ＯＢの真横を通りすぎた竹刀は、床との衝撃(しょうげき)で大きな音をたてた。

「失礼します」

荷物と竹刀を持ったまま、ぼくは剣道場をあとにした。

先輩や同期の声にも、ぼくは振り返らない。
肩にかかったバッグが、非難するみたいに、何度もぼくの背中にぶつかる。
少しのことだったら、心は動かないのに。
いつもだったら、きっと我慢できたのに。
夏休みの1日目。5年前、父さんが変わったときと同じ日だったから。
ぼくは我慢できなくて、ふつうに振る舞えなかった。
セミの声が響く帰り道。
首輪の銀プレートに彫られた文字に、ため息をつく。
【NO ESCAPE】（逃げられない）
ざらざらで動かない心を、じわじわと殺してくる日常から。
ぼくはうまく逃げられない。

その日、ぼくは【100億円求人】を見つけた。

履歴書

ふりがな	たかはし ゆうせい
氏 名	高橋 勇誠
	5月 1日生
血液型 A型	身長 175 cm
現住所（〒000-0000）	愛知県名古屋市△●△●△●△●△●

学歴・職歴
●△●幼稚園　入園
●△●幼稚園　卒園
愛知県立●△●小学校　入学
愛知県立●△●小学校　卒業
愛知県立●△●中学校　入学

すきなもの
みそ煮込みうどん
手羽先

食べられないもの
味の予想ができない斬新なもの

年	月	免許・資格
△●△●	△	漢字検定　2級

志望の動機、アピールポイントなど

この夏休みに、新しいことに挑戦したいと思ったため、【100億円求人】に応募をしました。

ぼくは、剣道部での経験を通じて、忍耐力と集中力を高めてきました。毎日のきびしい練習で忍耐力をつけ、試合では相手の動きを見極め、正確な一撃を放つための集中力を身につけました。

さらに、ぼくは手先が器用で、様々な物を作ることが得意です。戸籍やパスポートなどの書類の偽造から、アクセサリーやインテリアなどのそっくりな装飾品まで作ることができます。また、電子機器の改造や、住宅の修繕や改築などのスキルをもっています。

この求人で、ぼくの忍耐力や集中力、スキルを活かしたいです。

特技・趣味

特技は3つあります。

1つ目は、物の価値を見分けることです。ぼくは、物の値段や価値を一瞬で見抜くことができます。

2つ目は、そっくりな物を作ることです。書類から装飾品、家具、家電まで、似たものを作ることができます。

3つ目は、人の年齢をあてることです。相手を観察することで、その人のおおよその年齢を見分けることができます。

本人希望記入欄（職種など）

偽造の業務を担当したいです。

食事は、毎日おみそ汁がでたら嬉しいです。

できれば、赤みそがいいです。

【求職希望　2人目】
氏名：心念　あざみ
住所：福岡県福岡市　所属：福岡県立△●◇中学校2年生

心念あざみは、周りが見れて、協調性のある、器用な少年だ。

そんなあざみは、愛されることが得意だった。

そして、家族の話をすることが、苦手だった。


明日からはじまる夏休みに、教室は浮ついている。

カレーの香りのする教室で、給食の準備中、あざみはいつもどおりに振る舞っていた。

ひと好きのする笑顔を絶やさず。

男子からはノリが良く、女子からは話しやすいと親近感をもたれる、そんな人間を演じていた。

……大丈夫。またいつもどおり、友だちの家に数日ずつ泊まらせてもらって。それから、知り合いのところで住み込みの手伝いをして。それから……

そんなあざみの頭の中では、夏休みの計画が何度もくり返されていた。

そうでもしないと、あざみの心と身体はどこかでまちがいを犯かしてしまいそうだったから。

……絶対に、あいつらに会わないようにしないと。1年ぶりに会ったら何されるかわかんない……

あざみを追いつめているのは、夏休みの間、全寮制の高校から帰ってくる兄たちだった。

「あーざみん！　デザート多めにして」

「ししし っ　しょうがないなぁ」

特別だかんね、と笑って、あざみは少しだけ多めにフルーツポンチをよそう。

どうにか、その手がふるえているのがバレないように。

「なあなあ、夏休みどこ遊びに行く？　とりあえず海とプールだろ？　お前らいつ暇よ？」

「俺、夏期講習が終われば暇！　あざみはいつ空いとる？」

あざみは、いつもみたいにクラスメイトと机を合わせて、1学期最後の給食を食べはじめる。

……金はまだあるし、大丈夫。定期的に場所を変えれば、あいつらに見つかることもない……

「そーいや、あざみは兄ちゃんが3人帰ってくるんだっけ？　あざみの家ってまじ仲良さそうだよな」

「えー、ああ、ううん。ふつーだよ」

話半分で聞いていたあざみは、ぎこちなく笑って返す。

「あははー、ふつーってなんだよ。兄ちゃんと映画観に行ったりしねーの？」

「ししし っ　行かない行かない。それよりさ――」

あざみが話を変えようとしても。

「でもさ、なんかおごってくれたり、遊んでくれたりするだろ？」

クラスメイトは、しつこかった。

兄という言葉に、忘れたい記憶が、あざみの脳をじわじわと支配していく。

……冬休みは逃げきれたから大丈夫、今回もできる。絶対、殴(なぐ)られたり蹴(け)られたりしない……

いつも周りに気を配れて、どんなことも笑って流せるあざみは。

いまだけは、いつもどおりでいられなかった。

「もういいよ、その話。おれ、夏休みは家に帰らないし」

ぽろっと、言わなくてもいいことを口走ってしまって。あざみの鼓動(こどう)が激しく打つ。

口がひどくかわいて、あざみは牛乳パックをつかんだ。

「あはは、なにそれ、なんで？　兄ちゃんから逃げるん？」

コンッとすねを蹴られた。痛くもない軽い衝撃だった。

相手がテキトウに言ったって、冗談(じょうだん)で蹴ったって、わかってる。頭では。

でも――

バシャッ

気づいたら、あざみは牛乳をクラスメイトの頭にかけていた。

シーンと、音を忘れた教室で、あざみはむりやり笑った。

「ごめん、手がすべっちゃった」

その首にかけられた首輪が、あざみの息をしづらくする。

その日、あざみはあるツテから、ある求人情報を聞いた。

履 歴 書

ふりがな	しんねん　あざみ
氏　名	心念　あざみ
	9月　18日生
血液型　B型	身長　165 cm

現住所（〒000-0000）
福岡県福岡市△●△●△●△●△●

学 歴・職 歴
●●保育園　入園
●●保育園　卒園
福岡県立●●小学校　入学
福岡県立△●◇小学校　卒業
福岡県立△●◇中学校　入学

すきなもの
ハンバーグ
カレー

食べられないもの
セロリ
パクチー

年	月	免 許・資 格
△●△●	△	英検　2級

志望の動機、アピールポイントなど

人の役に立つことに関心があり、自分の力で100億円を稼いで、社会に還元したいと考えたため、志望しました。
強みは、立てた計画を実行する行動力です。普段は、学年旅行や文化祭のイベントの計画を立てるときに、学級委員長のサポートなどをして人の役に立つことに喜びを感じています。
また、話すのが得意で、人を観察して思い通りに誘導したり、やさしいうそで人をだましたりすることができます。

特技・趣味

特技は、マジックです。手先が器用なので、だれにも気づかれないで、他人のポケットの中のものをとることができます。

趣味は、映画鑑賞や、友だちとゲームをすることです。

本人希望記入欄（職種など）

作戦を立案する職種を希望しています。

その他の希望はとくにありません。
機会があれば、ぜひ一緒に働けたら嬉しいです。

【求職希望　3人目】
氏名：椋露路　楓
住所：京都府京都市　所属：私立○□中学校2年生

椋露路楓は、きれい好きで、力が強くて、不器用な少年だ。

そんな楓は、本日10回目の手洗いをしている。


「また手ぇあらっとる」

背後から、くすくすと笑われる楓。

汚い。さかむけできとる。次は理科？　後ろのやつがうるさい。

汚い。汚い。うるさい。

楓は不器用だ。頭の中がいつも、まとまらない。

だから、不快な気持ちや、憤りの感情を、うまく整理できないでいる。

「なあ椋露路、そんな手ぇ洗ってても、頭は良くならへんでー」

楓は散らばる思考をどうにかしようとするだけで精一杯で。

言い返すための言葉の選び方も、わからなかった。

だから、楓は自分を笑う相手をずっと無視しつづけていた。

けれど、周りはそれを、ゆるしてくれない。

とくに最近は、男子からやっかみを受ける回数が増えている。

「男子やめーや、楓くん、なんもしてへんやん」

女子たちがいつもたしなめることで解決する。

でも、今日はちがった。

「なあ椋露路、これもむりなんか？」

声の方向を振り返ったとき、目の前にあったのは、床掃除用の雑巾だった。

汚い！

思考がまとまらないから、言葉にする余裕もなく。

怒り。拒絶。

それだけが、身体の反応に出た。

バンッ　軽く振り払ったつもりが、不器用な楓の力は、ふつうの中学生男子と比べて強く。

相手は、盛大な音をたてて、掃除用具入れをへこますほど勢いよく倒れた。

「いったあ！　殴ることないやん！」

「ちが……わざとや、ない」

楓自身もおどろきながら、首を横に振るけれど。

「椋露路、またか」

かけつけた生活指導の先生の低い声に、肩を下げた。

「わたし、悪くないです」

こぶしをにぎって、つぶやくように、ぼそっと言えば。

深いため息が、頭上から聞こえた。

「明日から夏休みだからって、浮かれるんじゃない」

倒れたクラスメイトと、楓にそう言って。

「もうその手を洗うのはやめて、生徒指導室に来なさい」

先生は歩いていった。

楓は、感情も、力も、うまくコントロールできない。

その事実が、楓の胸をぐっと押しつぶす。

「おい、椋露路、逃げんなよ」

殴った相手の言葉が、楓の背中につきささった。

楓はくちびるをかみしめて。

ウェットティッシュでふいた手に、黒い手袋をつけて。

白いシャツの下にある首輪を、指先でなぞった。


その日の帰り道。楓は、電信柱に貼られた求人情報を見つけた。

履歴書

ふりがな	むくろじ　かえで
氏名	椋露路　楓
	10月　3日生
血液型 わ型からない	身長 170 cm
現住所（〒 000 - 000 ）	京都府京都市△●△●△●△●△●

学歴・職歴
京都市立■■●小学校　入学
私立○□小学校　卒業
私立○□中学校　入学

すきなもの
肉
かたいやつはし

食べられないもの
ない

年	月	免許・資格

志望の動機、アピールポイントなど

お金がほしいです。

力が強くて、重いものをたくさんはこべます。ヤバそうな大人も、がんばればたおせます。

特技・趣味

特技は、力が強いことです。
しゅみは、走ることです。

本人希望記入欄（職種など）

とまる場所は、毎日そうじをしてほしいです。

【求職希望　4人目】
氏名：阿音（あね）　モネ
住所：北海道札幌市（さっぽろし）　所属：●△私立中学校2年生

阿音モネは、パソコンが得意で、内気で、いつもひとりぼっちの少年だ。

そんなモネの毎日は、苦痛の連続だった。


モネの1日は、地獄（じごく）に行くような気分で学校に向かうところからはじまる。

だれにあいさつをすることもなく教室に入り。

背中を丸めて先生の話を聞いて。

「は、はい。え、えっと……」

話すたびに、くすくす笑われる。だからよけいにうまく話せなくなる。

休み時間は、電子辞書をいじったり、本を読んだり、トイレでこっそりスマートフォンをさわる。

その間だけが、息をつけた。

たまに、ひそひそと聞こえる悪口やくすくす笑いが、他人に向けたものなのか、自分に向けられたものなのか、わからないまま。

勝手に傷つく。

「別に、1人なんてなれてるしさ、ぜんぜん気にならないし」

その言葉は、もう何度言ったかわからない、モネのひとりごと。

「なあ聞いて！　おれ、夏休み、家族で韓国に行くことになった！」

「へえいいじゃん、ちなみにうちは、ドバイ～」

クラスメイトの聞きたくもない話が、モネの耳に入ってくる。

モネにとって唯一の救いは、今日から夏休みがはじまって。

明日から学校に行かなくていい、ということ。


午前の終業式を終えて、だれにあいさつをすることもなく教室を出て。

今日も、授業の回答でしか声をだしてないな、と思いながら帰り道を歩く。

「あ、新しい考察がのってる……ふへへ」

信号待ちの間に、世界の陰謀がのったサイトを見て。

独立国と巨大組織の間でくり広げられるスパイの暗躍や、世界一のAI開発者の失踪、月の希少資源である1グラム10億円のムーンジウムを巡る宇宙開発の競争など、どこか遠い世界で起こっていることが、もしかしたら、自分の生活に影響を与えているかもしれない、そんな刺激的な内容に。

少しの間だけ、いやなことを忘れる。

「ど、どうせ家に帰っても、お父さんも、お母さんもいないよね……」

朝、テーブルに置いてあった1000円札を思い出して。

モネは、ハンバーガーショップに向かった。
観光客であふれる人通りの多い街を、モネは1人で歩く。
そんなとき、道の向こう側に、クラスメイトを見つけた。
気づかれたくない、と背中を丸める。
でも、隠れはしない。
モネは、頭の片すみでわかってる。
どこかで、声をかけられることを期待している自分がいると。
ドクドクドクと、身体がゆれてるんじゃないかと思うほど、心臓が鳴る。
クラスメイトは、大きな口をあけてバカ笑いしながら。
横を通り過ぎて行った。
気づかれもしなかった。
勝手に、期待して。
勝手に、はずかしくなった。
モネは、シャツの下の首枷をぎゅっとつかむ。
どこでもいいから、ここから逃げたかった。
その日、モネはダークウェブで、求人情報を見つけた。

履歴書

ふりがな	あね　もね
氏名	阿音　モネ
	3月　12日生
血液型　AB型	身長　160cm
現住所（〒000－0000）	
北海道札幌市△●△●△●△●△●	

学歴・職歴
●△私立幼稚園　入園
●△私立幼稚園　卒園
●△私立小学校　入学
●△私立小学校　卒業
●△私立中学校　入学

すきなもの
チーズ
甘いもの

食べられないもの
ジンギスカン
野菜全部(みじん切りなら大丈夫)

年	月	免許・資格
△●△●	△	コンピューター特殊技能検定　1級

志望の動機、アピールポイントなど

志望の動機:100億円がほしいから
アピールポイント:ハッキングの能力に自信がある

特技・趣味

特技:パソコンの操作全般、英語、韓国語、中国語
趣味:世界の陰謀論が集まるサイト『世界IN謀』や、オカルト情報サイトの『MA』を見ること

本人希望記入欄（職種など）

希望の職種:ハッカー(主に情報収集、プログラミング、ハッキング)

希望の食事:野菜はみじん切りにして、存在感を消してほしい

4．スパギャラ再び

8月1日　午前9：00

「ついたぞ、起きろ」

ぼくは目隠しを外しながら、バスを降りた。

まぶしい陽に、ぐぅーっとのびをする。

「あははっ　また来ちゃったな」

ここは、伝説の武器商人と呼ばれる**本郷武蔵**の、別荘地だ。

「なつかしいなぁ」

古レンガに囲まれた迷路みたいな道の先には、巨大な日本家屋がそびえたっている。

その2階に案内されながら、ぼくは屋敷を観察した。

監視用のカメラが無数に設置されているここは、4年前に忍び込んだときより、セキュリティが数倍強化されている。

「いまからボスが、リモコンでお前の首輪の爆破機能を一時的に停止させる」

黒いスーツの男がそう言ったとき。

カチッ　首輪から、音がした。

この男のボスが、遠隔で首輪の機能を変更したんだ。

爆破機能を停止したということは、同じ首輪をしてる人と100メートル以内に近づけるということ。

それは、つまり、あの3人と会えるということ。

「楽しみだなぁ」

この4年間。

ぼくは毎朝、鏡で外せない首輪を見て、死んでるみたいに生きてた。

でも、ぼくの心はいま、ちゃんと動いている。


「ここだ」

男が開けた襖の先にいたのは——

「しししっ　9時14分。おれの勝ちだ」

室内の時計と、ぼくを見比べて笑った赤髪の少年——心念　あざみ。

「チッ　負けた。なんでわかったんや？」

テーブルに置いてある1000円札を、あざみに乱暴にスライドさせる、桜色の髪の少年——椋露路　楓。

「イ、イカサマしたからに、決まってるさ」

屋敷内のカメラの映像が映ったパソコンの画面を楓に向ける、青みがかった髪の少年——阿音　モネ。

そのモネに、500円玉をほうり投げるあざみ。

「うわ、あんたらグルやったんか！　ふざけんな！」

イスを倒して、楓はあざみにつめよる。

「おれとモネが先にこの部屋についてる時点で、組んでるって疑わないかなぁ？　しかも、1番ノリ気だったのは楓じゃん」

煽れるだけ煽ったあざみはべぇっと舌をだす。

「あっははは！」

その3人を見て、ぼくは、破顔した。

顔が破裂したわけじゃない、最高の笑顔になったって意味だ。

「3人とも4年ぶりだね」

「久しぶり。待ってたよ」

楓に胸ぐらをつかまれたまま、あざみはニコッと笑ってくれた。

笑顔なのは、ぼくに会えたから、というよりは賭けに勝ったからだろうな。

「ぼくが来る時間を賭けてたの？」

「う、うん。僕は不参加だったけどね」

でも取り分はもらっていたモネは、素早くぼくのそばに来てくれる。

これは、ぼくのことが大好きだからというよりは、楓とあざみのケンカに巻き込まれないように避難するためだ。

「高橋、つくんやったら9時ぴったりに来てほしかったわ」

あざみから手を離した楓は、不満気に目を細める。

あははって笑いながら、ぼくはバッグを床に置いて、室内をながめた。

木製のテーブルに4脚のイス。壁際の棚には1000万円以上の高級な壺や置物が並んでる。

いま見ただけでも、監視カメラを4つは見つけられた。

「『スーパーウルトラギャランティックソニックパーティー』のみんなで、また集まれて嬉しいよ」

「高橋、お願いやから、そのチーム名を呼ばんといて！」

楓が、手で顔をおおう。

「略して『スパギャラ』だもんね。4年前、楓が知ってる1番かっこいい言葉を選んで、頑張って考えた名前、おれは気に入ってるよ？」

楓の肩にひじをおいて、その顔を面白がってのぞきこむあざみ。

「離れろ、アホ」

「いやだ」

楓には潔癖なところがある。それをわかってるあざみは、本人の許容範囲を見極めて距離を守ってる。

だから、楓もあざみを本気で嫌がらない。

「あざみはさ、楓をいじるのやめなよ」

モネが、あきれ顔で言う。

それでも絶対に、2人の間に入るようなことはしないのがモネだ。

『スーパーウルトラギャランティックソニックパーティー』のメンバーは4人。

力が強い、腕力担当の、楓。

手先と口先が器用な、計画立案担当の、あざみ。

情報収集が得意な、ハッキング担当の、モネ。

そして、そっくりな物を作るのが得意な、偽造師担当の、ぼく。

『スパギャラ』のメンバーを、ぼくは気に入ってる。

３人に出会う前、ぼくは自分が世界で１番の変わり者だと思ってた。

でも、この世にはまだまだ自分を超える、変わったやつらがいるって気づいたんだ。

世界の広さを感じたとき、ちょっと悲しかったけど、その何倍も嬉しかった。

ぼくは、〝ちょっと変わってる〟だけだって、わかったからね。

「みんなとまた会えるまで、４年もかかるとは想像してなかったなぁ」

黒い首輪をなぞりながら、ぼくは３人をながめた。

「これをつけられてからずっと監視されてたから、あの人からいつかは接触があるとは予想してたけど」

「おれはわかってたよ。４年前からはじまってた〝ある事業〟がもうすぐスタートするからね」

そう言ったあざみの手には、いつの間にか、楓の財布と、モネのパソコン用のＵＳＢメモリがにぎられていた。その足元には、ぼくのエナメルバッグまである。

「まじか、わたしは一生会えへんと思っとった！」

目を丸くする楓は、あざみを引きはがしながらも、モネとぼくとの間合いをしっかり把握してる。

「ぼ、僕も会えるとしても、ネット上だと思ってた」

小刻みにうなずくモネのパソコンの画面には、あざみと楓、そして、ぼくのスマホの画面が映ってた。

いつの間にか、ハッキングされてる。
ぼくの口角は、自然に上がる。
ほんと、この3人は、油断も隙もない。
スパンッ
突然、勢いよく襖が開いて。
「よお、クソガキども、久しぶりだな」
鳳凰が刺繡された黒いスーツを身にまとった男が、部屋に入ってきた。

5．セカンドゲームの獲物

ぼくにはいくつか特技がある。

1つ目は、物の価値を見分けること。

2つ目は、そっくりな物を作ること。

3つ目は、人の年齢をあてること。ぼくらのもとにやってきたのは、35か、36歳の男性。

その手にはスペードの印のついた黒い銃がにぎられてる。

「千手楼さん、こんにちは」

ぼくは両手を上げながら、その名前を呼んだ。

「うげ」

モネは思いっきり顔をしかめて、ぼくの後ろに隠れる。

ここが、危険が迫ったときのモネの定位置だ。

あざみも楓も表情を消して、両手を上げた。

千手楼——伝説の武器商人である本郷武蔵の、一番の部下。

そして、4年前に、ぼくらに首輪をはめた男だ。

ぼくは、エナメルバッグに入れていたチラシを思い出す。

千手楼こそ、今回の【100億円求人】の雇用主だ。

「あれ？　あのいかつい本郷のおっさんは？」

楓は両手を上げたまま、千手楼の後ろをきょろきょろと見る。

「本郷は**死んだ**」

「「え！」」

楓と一緒に、ぼくは声を上げた。

4年前に千手楼のとなりにいた、あのラスボスみたいな本郷武蔵が、死んだの？　なにしても死ななそうな人だったのに。

今回の求人に、本郷武蔵も関わってると思っていたぼくは、少しおどろいた。

「1年前くらいに、ちょっとヤバめの界隈で、けっこう話題になってたよ」

「う、うん、僕も知ってた」

あざみとモネは平然としてる。2人の情報収集能力は、ぼくや楓とはレベルがちがう。

「本郷の死んだいま、この俺が、本郷グループの最高責任者だ」

本郷グループは、世界一大きな武器の貿易会社だ。武器を生産している世界中の企業と、武器を欲しがっているお客さんを、つなぐ仕事をしているらしい。

千手楼が、その本郷グループのトップだなんて大出世だ。

「本郷のことはいい」

千手楼の表情は変わらない。異常なくらい。

「いまからお前らに、【100億円求人】の説明をはじめる」

ぼくらは、互いに視線を交わした。

「これを見ろ」

千手楼が、あごで示した先の壁から、大型のスクリーンが現れた。

「いまから話すことは、**極秘情報**だ」

襖の向こうから、4人の黒スーツの男たちがやってきて、ぼくらを囲んだ。

そのうちの1人は、バスでぼくを迎えにきた人だ。

「この情報を漏えいしたら、殺す。その覚悟で聞け」

4人の男たちが、銃を構えた。

ぼくらは大人しく、イスに座る。

まさか、こんな危険な状況で説明を聞くことになるとは思ってなかった。

厳重すぎる態勢に、これからはじまる仕事が、本当にヤバいものなんだってわかった。

口のはしが勝手に上がる。

こんな状況なのに、ぼくはいま、すごくワクワクしてる。

そういえば、最初にゲームをしたときも、こんな気持ちだった。

スクリーンをながめながら、ぼくは4年前のことを思い出した。

○

4年前の夏休み。

ぼくら『スパギャラ』は、この本郷の別荘地へやってきて。

ゲームをしたんだ。

それは、世界一の武器商人、本郷武蔵の屋敷に隠された〝宝〟を盗（ぬす）むこと。

ダークウェブでは、だれがそのゲームをやり遂（と）げるか、という話題であふれていた。

たくさんの事前準備をした小学4年生のぼくらは。

屋敷に忍びこんだり、暴れまわったりして、見事に宝をゲットしたんだ。

それが、ぼくらの最初（ファースト）ゲーム。

でも、その後が問題だった。

ぼくらは屋敷から出たあとに、ある2人組に宝を奪われたんだ。

しかも、その後にぼくらは千手楼に捕まって。

首輪をつけられて、バラバラに帰らされたんだ。

それ以来、ぼくらは100メートル以内に近づくことも、互いに連絡を取り合うこともできなくなった。

つまり、ぼくらは、宝を盗むゲームには成功しかけたけれど。

宝は知らない2人組に奪われて。

最後は、失敗したんだ。

そんな昔のことを思い出しながら。

ぼくは、千手楼が説明をつづけるスクリーンを見上げた。

「今回、お前たちにはここに行ってもらう」

そこは、ここから40キロメートル先の海に浮かぶ人工島。

【トコヨノクニ】という海上のカジノシティだった。

「あ、これ、今度オープンするってニュースでやってたな」

ぼくは、家の流しっぱなしだったテレビを思い出した。

「カジノシティ？　金を賭けたりする場所なんか？」

「こ、この島は、選ばれた人しか入れないんだ。表向きはただの会員制の高級カジノ。でも、その会員になれるのは、裏社会とつながりのある人だけ。つまり、悪の巣窟みたいな場所なんだ！」

モネはこの数秒間で、【トコヨノクニ】の裏情報をつかんでいた。さすがだ。

スクリーンには、カジノシティの全貌が映っている。

丸い満月島と、その半分を囲むように位置する三日月形の三日月島が、３つの通路でつながっていた。

「子どもは入れないのが一般的だけどね」

あざみはスクリーンに書かれた『未成年の立ち入り禁止』って赤文字を指さした。

「だまれ、クソガキども。話をつづけるぞ。この人工島は、本郷武蔵が主体となってつくりあげた」

「へぇ、あの本郷さんが？」

ぼくは、４年前にこの屋敷に忍び込んだときに、本郷を見たことがある。

60代とは思えないがっしりした体格をしてて、まったく隙がないのに、悪ガキが遊びを探してるような眼で豪快（ごうかい）に笑ってたのが印象的だったんだ。

――「本当の価値っていうのは、人がつまらんと思ったものにこそ、あったりするんだ」――

ふいに、４年前の本郷の言葉が、頭に浮かんだ。

「ここで、約１ヶ月後の８月30日に、**オープニングセレモニー**が行われる」

くわしい内容の書かれたスライドが次々と流される。

「重要なのは、ここからだ。この**【トコヨノクニ】**には、２つの組織が関わっている」

千手楼は、スライドをあごで指した。

１つ目の組織は、**『スペード印（じるし）』**。

２つ目の組織は、**バロイア国**。

「へぇー？」

楓は口を開けている。もう話についてこれていないみたいだ。

「楓、『スペード印』とバロイア国って知ってるか？」

ぼくの質問に、楓は首をななめにしながら、うなずこうとして、やめた。

「知らへん」

「しょうがないなぁ、おれが教えてあげる。２つとも、武器をつくってるんだ」

右手を上げたあざみの指には、スペードのＡのトランプがはさまれてる。

「『スペード印』っていうのは、世界を支える四大グループ企業の1つで、世界で1番、多くの武器をつくってる。小型ナイフから、大型戦闘機まであらゆる武器をね。AIを使ったセキュリティシステムの開発も得意としてる。昔からあるから、世界中の軍事機関が、『スペード印』の武器を使ってるくらいだ」

「世界中……それは、すごいな」

左手で、金色のコインをはじくあざみ。

「で、バロイア国っていうのは、最近、力をつけてきた自称独立国だ。こっちは、最先端技術を活用して、新素材を開発しながら特殊兵器をつくってるんだ。最近は、宇宙開発にも力を入れてるって聞いたよ」

スライドには、金色で〈Ｂａｒｏｉａ〉と書かれた、ロゴマークが映ってる。

「ほぼ同じことしてるんか。じゃあ、仲ええんか？」

「その逆。新参者のバロイア国が、『スペード印』のお客さんにも武器を売ったりするから、『スペード印』はムカついてるんだよね。つまり、商売敵だから、仲が超悪いってわけ」

「あ、それはあかんな」

モネが、パソコンに映った円グラフを、ぼくたちに向けた。

「こ、これは世界の武器の輸出の割合だよ。規模的にはさ、『スペード印』が世界の70％の武器を生産してる。最強の存在なんだよ」

前のめりになって話すモネ。

「そ、それでもここ数年で、バロイア国は20％ものシェアをのばしてるんだよ。これはすごいことなんだ」

「へぇ、武器の生産の割合なんて、ぼくは気にしたこともなかったな」

「でも、何かきっかけがあれば、まだ規模の小さいバロイア国は、か、簡単に『スペード印』に潰されちゃうだろうね」

モネがにやにや笑って見上げたスクリーンには、こう書かれている。

『スペード印とバロイア国の同盟式典』

「そ、そんな2つの組織が、【トコヨノクニ】で同盟を結ぶなんてさ、すごい陰謀がありそうだね！　しかも、同盟の目的は、月に軍事施設をつくること！　これから激化していく宇宙開発競争で1歩リードする一大計画だ！　ふへへっ」

そういえば、モネは陰謀論が好きだった。

「だまれ、ガキども。説明中だ」

カチャッ　千手楼はイライラすると、すぐに銃口を向ける癖があるみたいだ。セーフティーレバーまで下ろしている。

それにならって、周りの4人の男も同時に構えたから。

ぼくたちは大人しく口を閉じて、スライドに向き直った。

「今回のオープニングセレモニーで、バロイア国と『スペード印』の同盟の式典と、それを記念した特別展示が行われる」

千手楼がスライドを切りかえる。

「そこでバロイア国が展示するのが、『玉枝』だ」

「「「え！」」」

次に映ったスライドに、ぼくらはバッと立ち上がった。

「なんでバロイア国が、『玉枝』を持ってるの？」

バロイア国の特別展示に飾られる『玉枝』。

それは、金と銀が交わる枝に、4つの真珠がついた、美しい装飾品だ。

15センチほどの『玉枝』の実寸の写真が、スライドにのっている。

座れ、とまた銃を向けられるけど、ぼくらは突っ立ったまま。スライドから目がはなせない。

だって——

「わたしたちのファーストゲームのお宝や！」

この『玉枝』こそ。

4年前に、一度、ぼくらが盗みだした宝だった。

「つまり、4年前におれたちから『玉枝』を奪ったのは、バロイア国だったんだね」

あざみの言葉に、ぼくらは静かに視線を交わした。

敵が明確になってきた。

「お前らのじゃねえ、俺の上司だった本郷武蔵のもんだ」

千手楼はそう言って、立ち上がったぼくらを見下ろした。

「本郷のものは全て俺が引き継いだ。つまり、『玉枝』も、俺のものだ。俺は、『玉枝』を取り返したい。

4年前に本郷から盗めたお前たちなら、今回も盗めるだろ」

そう語る、依頼主の千手楼。

「千手楼のもんなら、バロイア国に盗まれた！　って言えばええやん」

たしかに。楓の言うとおりだ。

「む、難しいんだろうね。バロイア国はいま、力を持ってるからさ。さっきも言ったように、世界の武器生産のシェアを20%も占める実力をもってる」

「この業界は、実績と信頼で成り立ってるから、どれだけ大きな企業の最高責任者でも、新参者で両方をもっていない人間は、相手にされないんだ」

モネの説明につづいて、あざみが首を横に振る。

「つまり、本郷グループのトップとはいえ、まだ実績も信頼もない千手楼が声を上げても、もみ消される可能性が高いってわけ」

「わははっ　なるほど、かわいそうやな」

パァンッ
あざみと楓の間を、銃弾が横切った。

「だまれ」

楓は千手楼をにらむ。

あざみが、その背中をぽんっとたたいて、落ちつけ、って小声で言った。

それにしても、ぼくは不思議だった。

「でも、千手楼さん。なんでぼくらに頼むんですか？　ぼくらはただの中学2年生ですよ？」

裏社会の千手楼の周りには、ぼくらよりもずっとヤバい人たちがいると思う。

だって本郷グループって世界一大きな武器の貿易会社で、莫大な資産だって持ってるはずだ。

だから、映画に出てくるような大人のスパイとか、殺し屋なんかを雇えると思う。

なのに、なんでぼくらを呼んだんだろう。

千手楼はぼくを見て、ハッと鼻で笑った。

「ただの、だって？　この世のどこに、この屋敷のシステムをハッキングして、書類を偽造して、変装して忍び込んで、大人どもを蹴散らす小学4年がいる？」

たしかに、あんまりいないかも。

「あれから4年間、お前らをずっと見張っていた。そしてわかった。やっぱりお前らは、絶対に野ばなしにしちゃあならねえくらい、ヤバいクソガキどもだってな」

この4年間は、ぼくは大人しく生活してたけどな。

「4年前。お前たちを殺さず、首輪をつけて生かしておいたのは、お前たちに利用価値があると思ったからだ。俺の勘はあたってた」

なるほど。ぼくらの価値を確かめるために、わざわざ軍事用デバイスの首輪をつけて、24時間、位置や音声、ネットワークまで全てを監視してたんだ。

「お前らを生かした、用意周到で用心深いこの俺に感謝するんだな」

千手楼の言葉に、ぼくの後ろにいるモネは、バレないようにくすっと笑ってた。

たしかに、4年前、あれだけのことをしたら、その場で葬られていてもおかしくなかった。

「つまり、どういうことや？」

簡単に結論を言ってくれ、と楓が顔をしかめてる。

「千手楼さんは、４年前におれたちのすごさに感動して、いつかおれたちが必要になったときのために首輪をつけて見張ってたんだ。で、今日、千手楼さんはおれたちに頼みごとをするために、１００億円を用意したってわけ」

あざみの説明に、見る目あるやん！　と楓は笑った。

「お前たちの業務は、『玉枝』を盗んで、俺のところに持ってくること」

ぼくらを見下ろしながら、千手楼はつづける。

「この業務が達成できたら、１００億円の報酬をわたす」

その言葉に、ぼくは目を細めた。

うすい膜（まく）のような緊張が、部屋に満ちる。

「質問してもいいですか？」

あざみが手を上げた。

「あ？」

「報酬は、４人で１００億円？　それとも、１人ひとりに、１００億円？」

千手楼は、あざみを見てニヤッと笑った。

「４人で１００億円って言ったら、お前ら殴り合いだけじゃすまないだろ」

ぼくは、ただにこりと笑う。

言っておくけど、ぼくは平和主義だ。

「1人ひとりに、100億円だ」

「よかった」

ぼくらの緊張がふわりとゆるむ。

もしここで、4人で100億円って言われてたら——この先は、言わないでおこう。

もう一度言うけど、ぼくは平和主義だから。

でも、ぼくには、あざみがにぎってたスタンガンをポケットに入れるのも。

楓が近くの壺に手をのばすのをやめたのも。

モネがキーボードから手を離したのも、しっかり見えた。

ほんと、油断も隙もないやつらだ。

ぼくも、鈍器になりそうな重たいエナメルバッグから手を離した。

「その100億円で首輪を外すなり何なり、すきにしろ」

千手楼の言葉に、あざみがくちびるをとがらせた。

「でもさぁ、100億円の報酬で、首輪を外すなんてまどろっこしいことしないで、業務を成功したら外してくれればいいのに」

たしかにそうだ。

「うるせえ、がたがた言うな」

千手楼が部下にあごで指せば。

黒スーツの男が、ぼくらのテーブルに4枚の紙を置く。

「これが、今回の【100億円求人】の契約書だ」

契約書を読んでサインをしたぼくらに。

千手楼は、胸ポケットから取り出したリモコンをかかげた。

「忘れるなよ、クソガキども。お前たちの命は、この俺がにぎってるってことをな」

そこには『開始』と『一時停止』の他に、『爆破』のボタンもある。

つまり、ぼくらが100メートル以上離れていたとしても、千手楼は、いつでも首輪を爆発させることができるんだ。

「せいぜい、死ぬ気で働くんだな」

ぼくらは互いに目を合わせた。

3人とも、最高に悪い表情をしてる。

きっと、それはぼくも同じ。


こうして、ぼくらの【100億円求人】がはじまった。

円求人

100億

6. 業務開始！

8月1日　午前10：45　in別館

千手楼と契約を交わしたぼくらは、これから約1ヶ月間、この敷地内で生活をする。

そこで、別館を与えられたんだ。

ここに来る前に、ぼくらは夏休みの間、家に帰らないことを親や部活にうまくごまかしてあるから、これから業務だけに集中できる。

「作戦会議だ」

別館のロビーで、あざみが言った。

「おれたちは、『玉枝』を手に入れて千手楼に渡せば、100億円をゲットできる」

ソファに座ったぼくたちは、あざみの言葉にニヤリと笑った。

「【トコヨノクニ】のオープニングセレモニーまで、準備期間は約1ヶ月」

時間は限られてる。

「まずは、ハッカーのモネ」

モネはパソコンをいじる手を止めた。

「お前に【トコヨノクニ】のシステムをハッキングしてもらう」

モネは目をキラッとさせた。

「ふ、ふへへ、【トコヨノクニ】は、島全体に最強のAIセキュリティシステムを使ってるんだ。ケースを開けるには、まず島のセキュリティを突破して、AIをのっとらなくちゃいけないんだ」

『スペード印』の開発したAIセキュリティは、鉄壁の存在って言われているらしい。だれ1人として、そのセキュリティを突破した者はいないんだって。

モネに、あざみは挑戦的な眼を向ける。

「1ヶ月で、できるね？」

「ふへへ、そんなにかからないよ」

モネは肩をゆらして笑った。

「4年前、この敷地内の全部のシステムをハッキングしたのが、ぼ、僕だよ。システムの主導権だって、簡単に奪えるさ。1ヶ月後には、ぼ、僕が【トコヨノクニ】のAIのオーナーさ」

「言ったな？ いまの、録音してるから、失敗したらいまのセリフ聞かせるからな？」

「あざみ、そういうところあるよな」

レコーダーを振るあざみに、楓は半目になる。

「暴力って選択肢がとれない人間は、地道な準備が必要なんだよ」

ハッと鼻で笑いながら自己弁護したあざみは、ぼくを見る。

「つぎに、高橋」

ぼくは手を上げてほほ笑む。

「4年前、おれたちの偽造身分証から変装道具まで、あらゆるものを作った高橋。お前には、今回もたーくさん作ってもらうよ。まずは、3日で、ニセモノの『玉枝』をつくってほしい」

「ああ、まかせて、すぐにできるよ」

「この4年間で、お前の手が鈍(にぶ)ってないことを願ってるよ」

「あざみ、ぼくは大丈夫だよ」

エナメルバッグから、無数のドライバーや小型印刷機などを取り出せば。

あざみは気持ち良さそうに笑った。

「そして、楓」

背筋をのばして、楓はあざみを見る。

「お前がするのは、**筋トレ**だ」

「……筋トレ？　それだけか？」

楓の肩にひじをおいたあざみは、大真面目な顔をする。

「楓は**リーダー**だろ？　優秀(ゆうしゅう)な楓には、当日までに最高のコンディションでいてほしいんだ。前回もそうだったろ？」

「たしかに。リーダーのわたしは、当日がんばらなあかんもんな！」

「あざみはさ、なにするの？」

モネが首をかしげて聞く。お前も働けよ？　ってその顔にかいてある。

「おれも当日までに、いーっぱい働くよ。それはまたあとでくわしく説明する」

ごほんっとせきばらいして、あざみは言った。

「今回の作戦のおおまかな流れは、だいたい4年前と同じ」

そう言ったあざみの言葉に、ぼくらは視線を交わしてうなずいた。

ぼくがアイテムをつくって、モネがハッキングして、あざみが変装して宝を盗んで、最後は楓の腕力で勝つんだ。

「おれたちはこれから、遊ぶんじゃない、働くんだ。気をひきしめろよ」

【100億円求人】。

その響きが、ぼくの心をゆり動かす。

「ファーストゲームは失敗したけど、おれたちは、この【100億円求人】を成功させる」

あざみの眼が、ギラリと光る。

「セカンドゲームのはじまりだ」

○

さっそく、別館のロビーで作業を開始したぼくは、テーブルや床に広げた金属部品やドライバーをながめて、また、昔を思い出した。

「なあ、4年前、はじめて会ったときのこと覚えてるか?」

「会った、って言っても、ネット上だけどね」

ダークウェブっていう、特別な方法をとらないとアクセスできないウェブサイト。

そのなかの、とあるトークルームで、小学4年生のぼくらは出会った。

「ちょ、ちょうどあのころさ、どんな夢も叶えてくれるすごいものがあるってうわさが、ダークウェブで広がりはじめたんだよね」

「そのうわさが流れてから少し経ったあと、それが【蓬莱郷】っていう理想郷で、それをつくったのが世界一の武器商人、本郷武蔵だって情報を見つけたとき、現実味が一気に増して、ワクワクしたんだ！」

あざみの声は高くなってる。

そのころ、【蓬莱郷】に入るためには『玉枝』という鍵が必要といううわさまで流れはじめた。

ちょうどそのときに、『蓬莱郷に行きたい』というタイトルの、トークルームをつくったのがモネだった。

「僕のつくったルームに急に入ってきてさ、ノンストップでチャットが進んだんだもん。さ、最初は怖かったよ」

そう。だれでも入れるそのトークルームに偶然入ったのが。

ぼくとあざみと楓だったんだ。

「とくに楓は、ひらがなと打ちまちがいが多くて読むのが大変だったね」

横目で見るあざみに、うるさい、と楓は顔を赤くする。

そこで、ぼくらは意気投合したんだ。

「こ、この別荘地で【蓬莱郷】を探しても見つからなかったけどさ、僕、4年前は楽しかった」

「あのファーストゲームのあと、少しは、生活もマシになったしね」

あざみが遠くを見るような眼で、つぶやいた。

ぼくらは、ゲームの準備の間、互いの人生をマシにするためにそれぞれに協力し合ったんだ。

口にはしないけど、お互いに助けられたところがある。

「わたしも、あれからクソ親と離れて暮らせとる」

4年前、初めて会ったときのぼくらは、それぞれにボロボロだった。

とくに、楓とあざみはひどくて、2人とも目立つところにあざがたくさんあった。

どう生活したら、あんなに傷だらけになるのか、あのときのぼくには想像もできなかった。

ヴヴヴッ
突然、あざみのスマートフォンがふるえた。

「うわ、千手楼に呼び出された！」

「ふ、ふへへ、骨は拾うよ」

笑って部屋に戻っていくモネと、モネに中指を立てて別館を去るあざみを見ながら。

ぼくも、テーブルに置いてた資料と貴金属をいくつか持って、2階の作業部屋に向かう。

階段に足をかけたとき、ふいに視線を感じた。

振り返れば、近くに楓が立っていて、ちょっとびっくりした。

「え、楓、どうした？」

「……あー、その、高橋。ちょっと、話聞いてくれへん？」

楓が、首輪をなぞりながら、気まずそうに言った。

「ん？　いいよ？」

「これは、べつにわたしの話やなくて、知り合いのことなんやけど……」

たぶん、楓のことなんだろうな。

となりで階段を上りながら、楓は中学校でやっかみを受けている男子のことを話してくれた。

「そっか、そいつは大変だったたな。……楓、もしお前が、そういう嫌なことをされたらさ」

ぼくは少しかがんで、正面から楓のひとみを見つめた。

「そういうときは、まず、〝やめて〟って言うんだ」

「……それでも、やめてもらえんかったら？」

「そしたら、周りの人に、〝助けて〟って言うんだ」

楓の桜色の目が、丸くなった。

「言えそうか？」

「……それなら、言えるかもしれへん」

「えらいな、楓ならできるよ」

それでも、楓は不安そうな顔をする。

「もし、それでも、うまくいかへんかったら……」

「そのときは、正当防衛だ」

肩をすくめたぼくに。

そっか、と楓は晴れたような顔で笑った。

たぶん、楓は、最初に自分のことじゃないって言ったのを忘れてるんだろうな。

「ありがとうな」

「なんてことないよ」

7. ファーストゲームとぼくらの首輪

準備期間も、すでに半分が過ぎたころ。

「ね、ねえ、知ってた？　ファーストゲームの状況って、けっこうヤバかったんだよ！」

別館の縁側で、となりに寝転んだモネは、高速でキーボードを打ちながら楽しそうに言った。

ぼくはいま、あざみとモネと自分用の変装道具を作っているところだ。

「4年前、実は、『玉枝』を狙って、超危ない犯罪組織や世界の諜報機関、極悪非道の詐欺集団なんかが、こ、この敷地に侵入をもくろんでたんだ！」

「まじか、知らんかった！」

「で、でも、結果的に『玉枝』までたどりつけたのは、僕たちだけだったんだ！」

「ししし っ　本郷グループが、厳戒態勢をとってたのに、それを全部突破してきたのは、小学4年生って、かなり笑える！　あのときすでに、大人をなぎ倒せた楓って、いま考えると本当に規格外だよね」

あざみは千手楼に提出する計画報告書を書きながら、となりで筋トレをする楓を見て笑った。

「改めて考えると、ぼくたち、かなりとんでもないことをしたんだな」

この敷地内の、おびただしい数のセキュリティ装置に加えて、別館にあるカメラでぼくらが監視されてたりするのも、納得だ。

「こ、この首輪も、24時間、僕たちのアクセスしたネットワークとか居場所とか、周囲の音まで録音してるしね」

モネは銀のプレートをつまんだ。

「まあ、ちょっといじれば、い、一時的に機能を止めたり、音声を別のものに変えたりすることはできるけどさ。軍事用の本格的なやつだから、外すことは、僕にもできなかった」

そう言ったモネは、ふへへって笑ってつづけた。

「た、たまにこっそり機能を停止して、ダークウェブで情報収集してたんだ」

モネは、やっぱりすごい。

ぼくも何度か機能を止めたり、外そうとしてみたりしたけど、お手上げだった。

しばらく首をひねって何かを考えていたモネが、突然、パッと顔を上げて、ぼくらを見た。

「改めて思ったんだけどさ! 本郷グループがつくった【トコヨノクニ】で、バロイア国と『スペード印』が同盟を組むって、す、すごいことだよね!」

確かに、千手楼はバロイア国に『玉枝』を奪われてるし、バロイア国と『スペード印』もライバル関係だ。

「みんな腹に一物を抱(かか)えてる、大人の世界なんだね。おれは将来、絶対にこの業界にだけは入らない」

あざみはそう言って、肩をすくめた。

「ふへへへ、これぞ、陰謀うずまく【100億円求人】だね」

モネは何かをひらめいたように、パソコンで文章を打ちはじめた。チラッとのぞけば、ファイルのタイトルには『世界の陰謀まとめ』って書いてあった。

「変なサイトに書き込みとかするなよ。情報漏えいしたら、千手楼に殺されるからな」

楽しそうにキーボードを打つモネに、あざみがぴしゃりと言った。

大人しく作業を再開したモネのとなりで、ぼくは寝転がって変装用の特殊資格の資料を読み込んだ。

「報告書、書くの疲れたぁ」

と言って、ごろごろ転がってきたあざみが、ぼくの上にのっかる。

「モネ。これ、本郷グループの情報と、千手楼のプロフィール？」

ぼくの頭にあごをのせたあざみが、モネのパソコン画面に表示された内容を指さしたから、ぼくも一緒にのぞいた。

世界中の武器をどこから仕入れ、どこに売るかを見極める武器専門の貿易企業——本郷グループ。

それは、世界一多くの死に関わり、戦争の勝敗を左右するとまで言われる、戦争の支配者。

大胆で独創的な本郷武蔵が、一代で築いた会社だ。

「改めて、世界を牛耳る本郷グループの最高責任者って字面を見ると、ぼくたちの雇用主が本当に危険な存在だってわかるな」

あざみの首輪についた冷たいプレートが、ぼくの背中をぞわりとさせる。

「ふーん。千手楼はいま36歳なんだ？　その若さでも、武器商人としての腕はかなり良くて、武器を見極める目は確か」

あざみの口が開くたびに、ぼくの頭がしずむ。

「で、性格は、神経質で野心家。でも、部下にはあんまり慕(した)われてないんだ？」

「わはは、部下に好かれてへんのは、かわいそうやな」

「昔はただの不良グループの一員だったけど、18歳のときに本郷武蔵に偶然出会って、気に入られて、武器商人の弟子(でし)になったらしいね。ふぅん」

「モネ、よくこんな情報が見つけられたな」

「ふ、ふへへ、まあね。個人情報を盗むのは、得意なんだ」

「本郷は50代で、千手楼を拾ったってことでしょ？　もう、孫みたいな気分だったろうね」

苦々しい声をだすあざみ。

「絶対、昔の千手楼もかわいくないよ。おれの方が絶対かわいい。ね、楓？」

ぼくの上からごろりと下りて。

ウェットティッシュで手をふきながら、無視をきめる楓にあざみはもたれた。

あざみは疲れると、からみが多くなるタイプだ。

基本的にあざみがからむのは楓だから気にならないけど。

ぼくは、チラッと周りの監視カメラを横目に見て、声をひそめて聞いた。

「そういえば、あざみも、千手楼が本郷を殺したと思う？」

「うん。【蓬萊郷】をめぐって、争ったと思う」

楓に引きはがされながら、あざみも小さな声で返してくる。

「え！　そうなんか!?」

「ふへへへへ、なんだか、陰謀がありそう！　面白くなってきたね」

「まだ憶測だけどね」

そう言ったあざみは、またぼくの背中にのっかる。

そして、モネのデータを指さした。

「千手楼は、かなりの人間不信らしいね。近くにいる部下はいつも1人。最高でも4人まで。この敷地内にも、最低限の使用人しかいない」

「なるほどなぁ。だから、監視役は少ししかいないんだな」

「こ、ここにカメラとか盗聴器とか、感知センサーとかが大量にあるのは、人間よりも、機械のデータを信じてるってことだね」

にやっと笑って、じゃあ仕事してくる、とモネはパソコンを持って部屋に戻っていく。

「わたしも、ちょっと走ってくるわ」

そう言って黒手袋をはめなおして縁側を去った楓を、ぼくは寝転がったまま見送った。

暖かい日ざしに、あくびがでて、大きく口を開けたぼくは。

ふいに息苦しさを感じて、首輪と首の隙間に指を入れた。

首輪は、常にまとわりついて、その存在を忘れさせてくれない。

そのプレートに書かれた、逃げられないって言葉みたいに。

「ねえ、高橋って、『バッド・フライデー・ナイト』って映画、観たことある？」

いまだにぼくの上に乗ってるあざみは、ぼくの肩口から顔をのぞかせて言った。

「ああ、あれか、観たよ。キャラクターの容赦のなさが良かったよな」

かなり過激な、殺し屋のミステリーアクション映画だった。

「めちゃくちゃ最高だった！　おれ、あの主人公のヤマトを尊敬してるんだ！」

あざみはいまみたいに、頬を赤らめて、目をかがやかせる顔をよくする。

子どもっぽくてかまいたくなる顔なんだけど、こういうときは、だいたいどす黒い感情のこもったヤバいことを考えてるって、ぼくは知ってる。

「へえ、なんで尊敬してるんだ？」

「実のおにーちゃんをヤったから」

ここでのヤるっていうのは、葬るって意味だ。

ぼくは、ボロボロだったあざみを知ってる。

あざみをそうしたのが、兄たちだってことも。

なんとなく話を変えたくて、ぼくの上でくつろいでるあざみに言った。

「あざみ、きみって、たまにどうしようもなく甘えん坊になるね」

「気を引きたいんだ」

上目づかいで、かわいこぶるあざみ。

「気を引いてどうするの？」

あざみはごろんとぼくから下りると、上体を起こして言った。

「こうするの」

その手にはぼくの財布がにぎられていた。

パンツの後ろのポケットに入れてたやつだ。

「すごい、ぜんぜん気づかなかった。あざみは本当に器用だな」

「高橋の意識は、おれの顔と、おれの体重の乗った背中あたりに集中してるからね」

肩をすくめたあざみ。

「気を引くのは得意なんだ」

「すごいなぁ」

これからは、あざみが目をきゅるんとさせたら、気をつけようと思う。

「よし、休憩(きゅうけい)終わり。働くかぁ」

立ち上がってのびをしたあざみは報告書を持って、楽しそうに歩き出した。

「財布は返せよ？」

8. 最終準備

8月29日　午前10：00　ｉｎ別館

オープニングセレモニーは明日。

別館の庭で、書き込みだらけの資料の山を整理して、小型の無線機や変装道具のチェックをし終えたとき。

「ねえ、【蓬萊郷】には何があると思う？」

庭でテーブルセットの練習を終えたあざみが、手持ちぶさたに庭の花をぶちっと引き抜いて言った。

「わたしは、キラキラのお金がつまってるんやと思う！」

「ぼくは、そうだな、数年前の日常を取り戻せるような、何かがあると良いなって思う」

「僕、すごいスピリチュアルなものがあると思う！　だ、だって蓬萊ってさ、不老不死の薬を持った仙人が住んでる伝説の場所なんだよ！」

モネの言葉に、ぼくはカジノシティの【トコヨノクニ】って名前を思い出した。

これは、古事記とかに出てくる常世の国っていう、不老不死になれる理想郷からとってるんだろうな。

「き、気づいたんだけど、『玉枝』っていう名前はさ、竹取物語で、かぐや姫が求婚者の1人に要求した〝蓬萊の玉の枝〟からつけたと思うんだ。そんな名前を使うなんて考察がはかどるよね！　ふへへ」

その話は国語でやった気ぃする、ってつぶやいた楓は、内容を思い出そうとして、あきらめてた。

「あははっ　もしかしたら【蓬萊郷】は、月に住む天上人がいるような不思議な場所かもしれないな」

「しししっ　そうだよね。世界中の悪い大人がほしがる代物だし、人生を変えるくらいのものがあるに決まってるよね！」

そう言ったあざみは、手に持った赤紫色の花を見つめて笑った。

4年前。

多くの裏社会に生きる大人たちが、【蓬萊郷】を求めて探し回った。

けれど、だれも、その理想郷を見つけることはできなかった。

ネット上では、半年も経てば、うわさはうそと片づけられて。

人々はまたちがううわさに夢中になった。

でも、ぼくらはちがった。

正確には、ぼくらと、バロイア国と、千手楼は。

「よし、こっちに集まって。作戦の最終確認だよ」

あざみの声に、ぼくらはあい色のクロスのかかったテーブルに集まった。

そこには、ナイフとコインと、一輪の花だけが、三角を描くように置いてある。

「まずは、4年前の振り返りから。あのときのゲームのメインプレイヤーは、3チームだった」

ナイフが、千手楼のいる本郷グループ。

コインが、バロイア国。

赤紫の花が、ぼくら『スパギャラ』。

「4年前の、おれたちの目標は2つ。1つ目が、『玉枝』を盗むこと。2つ目が、【蓬莱郷】を見つけて入ること」

いつの間にか、テーブルの中央に『玉枝』を示す花瓶が置かれていた。

「1つ目の『玉枝』を盗むのには成功。2つ目の【蓬莱郷】を見つけることはできなかった」

花瓶をつかんだあざみ。

「しかも、最後におれたちは、『玉枝』を奪われた」

花瓶は、バロイア国のコインのとなりに移動する。

「これが、4年前のこと」

ぼくらはうなずいた。

「『玉枝』は実在した……ところで、なんで千手楼は『玉枝』をほしがってると思う?」

「え、それは、本郷の持ってたものは、いまは千手楼のもんやから、取り返したいんやろ?」

楓の言葉に、あざみはししし っと笑った。

「千手楼は、【蓬莱郷】に行きたいからだよ、きっと」

なるほど。あざみの言いたいことがわかったぼくは、にこっと笑った。

「おれは気づいたんだ。千手楼は【蓬莱郷】のありかを知ってるから、『玉枝』をほしがってるんだって。だから、このタイミングでおれたちが集められて、仕事を依頼されたんだ」

あざみの推理に、ぼくの鼓動は速くなる。

「【蓬萊郷】は、今回の業務内容にはふくまれてないけど、この理想郷は、どこにあると思う?」

「どこやろ、この別荘地にはなかったもんな……」

楓が首をひねる。

ニヤッと笑ったあざみが、バッとテーブルクロスを引き抜けば。

真っ白のテーブルに、竹筒状のナプキンが美しくのっていた。

「カジノシティ【トコヨノクニ】だ」

「え! そこにあるんか⁉」

「きっとね。4年前に【蓬萊郷】がうわさされはじめたときから、本郷は【トコヨノクニ】をつくりはじめてたから、可能性は大だよ」

【トコヨノクニ】を示すテーブルの上の配置は変わっている。

中心に、【蓬萊郷】のナプキン。

右に、本郷グループのナイフと、ぼくらの花。

左に、バロイア国のコインと、『玉枝』の花瓶。

「作戦はシンプルだよ。カジノシティに、バロイア国が『玉枝』を展示する。その『玉枝』とニセモノを、おれがすり替える」

花瓶をパッと背中に隠したあざみは、ニヤッと笑う。

「そして、『玉枝』を千手楼に渡して、おれたちは100億円を手に入れて、首輪を外してもらうんだ!」

「ふへへ、本番はまかせてよ」

「ついでに、【蓬萊郷】も、行けたら行きたいな」

「ついでに、あのムカつくバロイアのやつらに、仕返しもできたらええな！」

ぼくらは、互いに目を合わせた。

これから、【１００億円求人】っていうセカンドゲームがはじまる。

１００億円を手に入れて、首輪からも、千手楼からも。

この最低な日常からも。

逃げきるために。

「絶対に、成功させるよ！」

あざみのつきだしたこぶしに。

ぼくらはこぶしをぶつけた。

「ゲームスタートだ」

9. ぼくの理想郷

5年前。

夏休みの1日目に、ぼくの人生が変わった。

「じゃあね、勇誠」

そう言った母さんは妹をつれて、出ていった。

きっかけは、父さんがクビになったから。

お金がなくなっていって、心も貧しくなっていって。

父さんは、変わった。

それからぼくは、ボロアパートに父さんと2人で住むことになったんだ。

全部が最悪だった。

「元どおりにしないと」

家も、家具も。前みたいにしないと。

母さんと妹が帰って来られるように。

元に戻すためには、同じものが必要だった。

でも、そっくりな家を買ったり、似たような家具を集めたりするのには、大金が必要だった。

小学生のぼくに集められる金額なんて、ほとんどなくて。

それ以前に、剣道場に通うお金すら、家にはなかった。

ずっと努力してきた剣道もつづけられなくなって、優勝を目指してた大会にも参加できなかった。

ぼくのいままでの努力が、全部崩れた。

「もういやだ。……逃げたい」

この現実から、逃げたかった。

布団にうずくまったとき、ふと気づいた。

いままで、恵まれていたんだって。

恵まれた環境で、「努力」って言葉を使ってきたんだって。

いま、この環境じゃ、努力したって、周りの人とはスタート地点がちがう。

はじめる場所がちがえば、到達したい場所への過程も、そこまでかかる時間もちがう。

ゾッとした。

いままでの自分のおごりにも。

いまの自分の現実にも。

「うわ……しんど」


そんなとき、ぼくはダークウェブで【蓬莱郷】について知った。

夢を叶えてくれる理想郷。

母さんと妹が出ていく前と、同じ生活が取り戻せるかもしれない。

ぼくの望む場所が、逃げられる場所が、そこにあるかもしれないって、本気で思った。

そんなとき、ぼくは3人と出会った。


4年前、現実から逃げられると思って、逃げきれなかったファーストゲーム。

そこで手に入れたもので、人生は少しだけマシになった。

でも、日常は変わらなくて、ぼくの首には枷がついている。

逃げられないって思い知らされるたびに、少しずつヘドロみたいなものが積もっていって。

ぼくの心を殺していくんだ。

これから、セカンドゲームがはじまる。

このゲームが終わるころ。

きっと、ぼくはいまの壊れた日常から逃げきれる。

きっと、全部を元どおりにできる。

だからぼくは、絶対にゲームを成功させるんだ。

SECTION2 セカンドゲーム開始

1. 海上のカジノシティ【トコヨノクニ】

8月30日　午後8：00

満月が暗闇を照らして、海を銀色に染め上げる。

今日この日、選ばれた人間が、一ヶ所に集った。

世界中の裏社会に通じる、富豪や国の要人たちの集まるそこは、世界最大級のセキュリティ対策がほどこされている。

要塞のように頑丈で、美術品のように美しいその場所の名は。

海上の【トコヨノクニ】。

「「「いらっしゃいませ」」」

セレモニー会場の三日月島と、カジノスペースの満月島に、ヘリコプターや豪華客船が次々に停まる。

白竹の壁に、白銀の光を灯すランタンが並ぶ会場で。

洗練された使用人たちがゲストを迎えた。

「こちらへどうぞ」

その使用人の中に——どこか大人びた雰囲気のある青年がいた。

青年の名前は、ミコ・クラモチ。

イギリスの三つ星ホテルで4年務めた日系イギリス人だ。

「イ・シック様と、大納言大友様ですね」

ミコは、入り口からやってきた、2人の青年に深々と頭を下げた。

韓国マフィアの幹部の息子、イ・シック——に変装したモネと。

日本のヤクザの幹部の息子、大納言大友——に変装したぼくだ。

おどろくことに、モネは日本語以外に、韓国語と英語と、中国語を話せる。意外と多才だ。

18歳くらいに見えるように変装したぼくらが浮かないのは、ここに、国籍も年齢も様々な人たちがたくさんいるからだ。

「こちらへどうぞ。ご案内いたします」

全てのゲストに使用人がつくわけじゃないけれど、他のゲストに比べて若いぼくらは、特別に専属の使用人がついてくれてる。

「ミコさん、僕のどかわいた」

モネが、スマートフォンをいじりながら言う。

「下水か海水、どちらがいいですか？」

ニコッと笑うミコ——に変装したあざみ。

「ゲ、ゲストにひどい態度だ！」

「あはは、ぼくはミコからは飲み物をもらわないようにしよう」

ぼくらに背を向けて案内するあざみは、ひそめた声で確認する。

「変装した相手は？」

一応、小型の無線機をつけているけれど、近い距離なら小声で話したほうが楽だ。

「24時間眠ってる。明日の夕方には、海岸のホテルで目が覚めるよ」

「了解。おれの変装相手も同じ」

うなずいたあざみは、ぼくらに施設の案内をしていく。

三日月島は、３つに分けられてるんだ。

北は、レストランやバーがあり、交流スペースになっている。

中央は、メイン会場で、特別展示が催されていて。

南は、講演会場で、代表者のあいさつなどが行われる。

「20時30分より、『スペード印』とバロイア国の同盟式典が、講演会場で行われます」

三日月島は全ての壁が液晶画面になってるから、式典の映像がリアルタイムで見られるらしい。

「そして、こちらが21時より、バロイア国が公開する『玉枝』になります」

ぼくらがやってきたのは、中央のメイン会場。

その中心には、赤い布でおおわれた展示台があって、その周りを、４人の軍人が守ってる。

「本日は、バロイア国軍の10名の隊員が、カジノシティの警備にあたっています」

そんなに人数が多くないって思った。

今回のゲストが２００人くらいしかいないから、警備の人員を多く入れられなかったのかも。

「基本的には、ＡＩシステムを使い、監視カメラや様々なセンサーで防犯管理に努めているので、人数は少ないんですよ」

　ぼくの考えていたことがわかったみたいに、あざみが追加で教えてくれた。

　それにしても、バロイア国の軍服は、すごく豪華だ。

　上質な白い生地に、金糸をまんべんなくあしらった服には、宝石を使った勲章やモールがついていて、一目でお金持ちってわかる。

「バロイア国って、そんなにお金を儲けてるの?」

　ぼくは小声で、となりを歩いているモネに聞いた。

「こ、ここ数年で、宇宙開発の事業が拡大しつづけてるからさ、かなり稼いでると思うよ。成金って言葉がぴったりな感じだね」

「なるほど」

　今回、ぼくらが関わる2つの組織をものでたとえるなら。

　本郷グループが、渋い黒の〝墨〟ってイメージで。

　バロイア国は、派手なカラフルの〝宝石〟ってイメージだ。

──ただいまより、『スペード印』とバロイア国の同盟式典を行います──

　液晶画面の壁に式典の様子が映った。

　2つの組織の代表が、演台の上で手をにぎり合っている映像に、周りのゲストも注目している。

　式典の映像を横目で見たあざみは、声をひそめて言った。

「これは、べつに覚えなくてもいい話なんだけど。『玉枝』は、バロイア国にとってのかぐや姫なんだ」

「どういうこと？」

あざみは、よく独特な言い回しをする。

「この裏社会では、『玉枝』は本郷が最後に残した〝遺品〟だって思われるようになったんだ」

会場の中心で、赤い布をかぶった『玉枝』。

「伝説の武器商人で、世界の武器の貿易を牛耳ってた本郷武蔵の、重要な遺品を持つってことは、世界的に〝認められた〟ということ」

あざみはニヤッと笑う。

「だからこそバロイア国は、その『玉枝』を持ってることを、本郷が死んだときに明かしたんだ。〝本郷からゆずり受けた〟ってうそをついてね」

そして今夜、この【トコヨノクニ】で公開するんだ。

「ほ、本当はさ、僕らから盗んだのにね」

「事実なんて、いくらでもねじ曲げられるからね」

肩をすくめるあざみ。

「つまり、光る竹からかぐや姫を見つけた翁みたいに、『玉枝』をもってるバロイア国は、世界中から注目されてるんだ」

「なるほどなぁ」

でも、ぼくには、バロイア国は翁というよりは、かぐや姫に求婚をする貴族側に思えた。

竹取物語では、求婚したほとんどの男たちは惨敗してたけど。

「バロイア国の動きに対して、ライバル企業の『スペード印』はどう思ってるんだろうな?」

壁に映る『スペード印』の代表は、隙のない笑みを浮かべている。

「『スペード印』は、沈黙を貫いてる。でも、その心中は穏やかでないことは、確かだろうね」

「なのに、『スペード印』が、バロイア国と同盟を組もうと思ったのは、なんでだろう?」

ぼくは苦手な相手と、仲よくしよう、と手をにぎり合いたいとは思わない。それに、宇宙開発をしている企業や組織は他にもあるはずだから、別にバロイア国じゃなくてもいいのに。

「だから『玉枝』は、かぐや姫なんだ。この業界の帝みたいな『スペード印』に、同盟を組もうと言わせるだけの価値が、『玉枝』にはあるってことだよ」

「なるほどなぁ」

「だから、世界がこの式典に注目してるんだ」

ぼくらが4年前に盗みそこねた『玉枝』は、本郷が死んだことで意味を変えて、もっと価値を高めてる。いまじゃ、世界を動かしかねない存在になってるんだ。

「おい、そこのきみ、飲み物を頼む」

近くを通っていた老人が、あざみに声をかけた。

あざみは、ぼくらに会釈をして飲み物の要望を聞くと、数分後に戻ってきた。

「お飲み物をお持ちしました。あの、いかがなさいましたか?」

ぼくらのいるメイン会場にある展示台。それを守るように立つ男たちを、老人は憎々しげににらんでいる。

「あれは、『玉枝』だろう。……武蔵が、あのバロイア国にこれを渡したことが、いまだに信じられん。それにこんな風に見せびらかして、ここで盗難なんぞされおったら国際問題に発展しかねん」

あざみは、ひと好きのする笑顔を向けた。

「ご心配には及びません。「特殊素材を使ったガラスケースは、人間が手で開けられる代物ではございません。というのも、最新のＡＩシステムで管理しているからです」

あざみは、赤い布のかぶっていない、台の部分を指し示した。

「あちらをご覧ください」

そこに、小さなスペードマークが黒く光っているのが見える。

「あの点灯しているマークは、システムが正常に稼働している証です。あの光がついている限り、システムのオーナーでないと、開けられない仕様になっています」

手振りを交えて、わかりやすく説明をつづけるあざみ。

「公開時も、バロイア国の軍人が厳重に警備いたしますので、だれ1人として、『玉枝』に触れることができないようになっております」

老人に1歩近づいたあざみは、ふふっとほほ笑んだ。

「それに、こんな場所で、バロイア国の宝物を盗もうとする命知らずなんて、なかなかいませんよ」

「そうか……それなら安心して、カジノを楽しめる」

「ぜひ、最高の時間をお過ごしください」

あざみは笑顔で、歩き去っていく老人を見送った。

ぼくはたえられなくて、くすくす笑ってしまった。

「しらじらしいよ、ミコ・クラモチさん」

「本当のことしか言っておりません」

あざみはすました顔であごをちょっと上げた。

「そうだな。命知らずなんて、なかなかいない」

ニヤッと笑うあざみを横目に、ぼくは周りの参加者をながめる。

「それにしても、バロイア国って、けっこう嫌われてるんだな」

警備をする男たちを、まるで空気みたいに扱う人や、はっきりと拒絶する人もいる。

「まあ、最近、派手にビジネスを拡大して、かなり調子にのってるみたいだしね」

「か、彼らも大変だよね。いまじゃ、陰謀論のサイトでトップになるくらい、たくさんのうわさがあるんだよ、ふへへ」

モネはスマホで、世界の陰謀が書かれた『世界ＩＮ謀』っていうサイトをにやにやした顔で見てる。

そこには、『バロイア国の宇宙侵略計画　次の目標は月の資源を独占すること!?』や、『世界中の技術者が失踪！　黒幕は人類を滅亡させるＡＩ!?』なんて書いてある。

こういう内容を思いつく人って、すごいよなぁ。

「今回の同盟がうまくいけば、バロイア国には『スペード印』っていう大きな後ろだてもできるからね、これから次第だよ。まあ、うまくいけば、だけど」

そう言って口のはしを上げたあざみは、三日月島の中央のメイン会場を出て、いま式典が行われている南の講演会場へ、ぼくらを案内する。

あざみが小声で教えてくれるバックヤードの重要な部屋や、非常口の情報などを、頭のなかの地図とリンクさせていきながら、ぼくたちは進む。

会場には、バロイア国と『スペード印』の共同計画についてのパネルや、月で採れた資源などが展示されている。

「ム、ムーンジウムだ‼　初めて生で見た！　あれ、1グラム10億円もするんだよ！」

「へえ？　それはすごいな」

透明な石を指さしたモネが、あれは電磁波をどこまでも飛ばすこともできれば、遮断することもできる超希少な素材なんだ、と興奮ぎみに言っていた。

ぼくは、式典の映像を見ながら、準備期間中にモネが調べたバロイア国の情報を思い出した。

バロイアは、数十年前にできた、地図にのらない人工島の国なんだ。

そこには、軍事学校や、武器をつくるための巨大な工場や研究施設がある。

3割くらいの国民が、もともとはどこかの国で生まれて、国籍を得られなかったり、何かしらの問題を抱えてたりして、出身国から逃げてきた人たちなんだって。

国内はまだ不安定な部分が多いから、これから力をつけて、国を発展させていきたいらしい。

そんなバロイア国の立場も、気持ちもわかる。

でも、『玉枝』は、ぼくらのものだ。

盗まれたものは、取り返させてもらう。

「高橋、話聞いてる？」

「ああ、もちろん」

全く聞いてなかった。

南の講演会場に入ったとき、あざみはパタッと足を止めた。

『あそこにいる2人の男たち、見覚えあるよな』

2. プレイヤーはそろう

『あそこにいる2人の男たち、見覚えあるよな』

無線で、あざみは言った。

講演会場の壁際で警備をしている、2人の軍人。

金髪の青年と黒髪の青年の、見覚えのある容姿に、ぼくは4年前を思い出して、目を細めた。

ぼくは、あの2人のことを知ってる。

『金髪の方はサイって名前で、今回の警備のリーダーだ。黒髪の方はアベルで、副リーダーをしてる。覚えておいて』

そう言ったあざみのあとにつづいて、ぼくらは会場の中に進んだ。

――我々バロイア国は、このたび、『スペード印』との同盟を組むことを記念して、特別な展示を準備いたしました――

演壇に立つ、軍服を着た老人がバロイア国の代表だ。

いまは、『スペード印』と同盟を結ぶことへの感謝と、今回の特別展示での『スペード印』との協力について語っている。

――我々バロイア国が、あの本郷武蔵からゆずり受けた『玉枝』は、遠隔操作でしか開かないケースに入れられており、『スペード印』のＡＩシステムによって管理されています――

代表の説明によると、そのシステムは、世界中のサイバー犯罪とそれを対処する攻防方法を学習して、成長しつづける難攻不落の要塞なんだ。

演説の内容は、バロイア国の代表自身の話に変わっていく。

代表は、３代目の最高責任者として、昔からトップクラスの教育を受けてきたらしい。その苦労と努力の話に度々拍手がおこる。

その老人の両手についた、たくさんの宝石の指輪が、照明の光に反射してまぶしい。

ぼくは、苦手なものを、つい見ちゃうことがある。

それで、いつも最悪な気分になるんだ。

「気になりますか？　４分ほどならここに滞在しても、予定の時間まで余裕がありますよ？」

演台を見上げていたぼくに、あざみが言った。

「ううん。大丈夫」

ぼくは、首を横に振った。

「ただささ。恵まれた環境にあぐらをかいてるやつの、努力っていう言葉に反吐が出るって思っただけ」

スタート地点がちがう人間の言葉は、ぼくにとってはヘドロだ。

まとわりついて、足を重くする。

ぼくは、演壇を見るのをやめた。

そんなぼくをチラッと見て、モネはスマートフォンに視線を戻した。

背後で、演説の終わりを知らせる拍手がおこる。

そして、主催者である、本郷グループの代表――千手楼が登壇した。

――本日は、本郷グループの【トコヨノクニ】へお集まりくださり、誠にありがとうございます。私は、本郷武蔵の遺志を引き継いで――

千手楼の低い声が響くなか、ぼくらは講演会場をあとにした。

「こちらが満月島へつづく、南通路です」

【トコヨノクニ】は、交流の場である三日月島と、カジノゲームの集まった満月島からできている。

その2つの島をつなぐのが、北と中央と南から、それぞれのびている3つの通路だ。

そして、その通路の間は、従業員が使用するバックヤードになってる。

巨大な窓がつづく通路の床は、ガラスでできていて、まるで海の上を歩いているみたいだ。

「そういえば、楓は、うまく侵入できたかな？」

窓ガラスの向こうの真っ暗な海には、満月が映っていた。

「大丈夫でしょ、楓は頑丈だし」

そう言ったあざみは、念を押すように、声を低くした。

「今回の計画は、時間とタイミングが大事なんだ。絶対にヘマはできないよ。楓もちゃんと、それをわかってる」

「そ、そうだね、計画どおりいこ」

「じゃあ、21時に、会場で」

ぼくたちはバックヤードの前で別れて。

それぞれの準備にとりかかった。

〇

一方、そのころ。

「はぁ〜、わたしだけ果物と侵入するって、おかしいで」

バックヤードの食品庫に置かれた木箱。

その中から、橘（たちばな）といういかんきつ系の果物が、ごろごろとこぼれる。

果物とともに現れたのは、桜色の髪（かみ）をした少年――楓だ。

「計画をたてたあざみ、ゆるさへん！」

入念に服を払（はら）いながら立ち上がって。

楓は、黒手袋（てぶくろ）を新しいものと交換（こうかん）する。

「高橋が、わたしの身分証明書を作ってへんときから、怪（あや）しむべきやったわ」

この【トコヨノクニ】の入場者の人数は、正確に数えられる。

そのため、変装なんて器用なことができない楓は、果物と共に運ばれてきた。

「まあええわ」

ずっと体操座りをしていた身体（からだ）をのばす。

「約束の時間まで、まだ余裕はあるな」

時間を確認して、ふふんと鼻をならした楓は。

「よし、【蓬莱郷】の場所を見つけたる」

甘くて爽やかな香りを身にまといながら、食品庫をこっそりと抜け出した。

「わたしはリーダーやからな！」

4年前に『玉枝』を盗み出した、ぼくら『スパギャラ』。
それを奪った、バロイア国。
それを取り返そうとする、本郷グループ。

全てのプレイヤーが。
【トコヨノクニ】にそろった。

3. 玉枝というお宝を

8月30日　午後8：59

夜の深まった【トコヨノクニ】。

選ばれた人々は、天上の世界のようなカジノシティに酔いしれる。

世界が注目するメインイベントの。

『玉枝』の公開まで、もうわずか。

満月島は封鎖され、全てのゲストが三日月島に集められた。

『こ、こちらモネ。僕の準備は完璧だよ』

北通路の、バックヤードにいるモネが、無線で告げる。

「こちら高橋。ぼくも大丈夫だ。あざみ、本番は頼んだよ」

中央のメイン会場で、ゲストにまぎれたぼくは。

展示台の近くで、ゲストを案内しているあざみを見た。

『こちらあざみ。おれにまかせて』

チラッとぼくと目を合わせたあざみは、自信満々の笑みを浮かべた。

――会場の皆さま。大変長らくお待たせいたしました――

うす暗い会場に、白銀のランタンが灯り。

赤い布をまとった展示台を照らす。

人々は、その布が上がるのを、いまかいまかと待ちわびている。

ぼくは、期待でふるえる手をにぎりしめた。

4人のバロイア国軍の隊員は、隙のない動きで、展示台に向き合う。

――それでは、バロイア国のもつ最高峰の宝、『玉枝』を公開します――

会場の緊張感と高揚感は、最高潮に達する。

息をのむ音だけがする会場で。

バサッ
盛大な拍手とともに、その赤い布がとりはらわれ、現れたのは。

ガラスケースのなかにとじこめられた宝。

純白の真珠が実る、金と銀の交じり合う枝だった。

その美しさは、闇の中で唯一輝く光のように、この世のものとは思えない魅力を秘めていた。

「『玉枝』……きれいだなぁ」

ぼくの拍手と感嘆の声が、会場中の拍手と称賛の声に交じり合ったとき――

パッ
突然、会場の電気が消えた。

「なんだ！」

バロイア国の４人の隊員が、同時に銃を構えるのが、音でわかった。

『玉枝』を守るように会場中を警戒してる。

暗闇に、人々の混乱のざわめきが満ちていく。

　ジィ――――ッ
歪な音が響いた。

そして、闇になれたぼくの眼に。

四角いガラスケースが、花咲くようにゆっくりと開いていく様子が映った。

展示台のスペードマークは点灯したまま。

つまり、完全にＡＩシステムをのっとったモネが、遠隔でケースを開けてるんだ。

計画は、順調だ。

「なにが起きている⁉」

「システムの管理者に確認をとれ！」

「管理者も、この事態の原因がわからないそうです！」

混乱するバロイア国の隊員たちの様子に、ゲストのざわめきは増していく。

ぼくの鼓動もどんどん速くなっていく。

「ケースを閉めなさい！」

会場の中心に走ってきた金髪の軍人、サイの声に。

４人の隊員たちが、人力でガラスケースを閉めようとする。

そのとき——

ボッ

ガラスケースから、炎が上がった。

「え、火!?」

つい出たぼくの声は、周りの悲鳴にかき消される。

こんな演出があるなんて、聞いてない！

『ふへへ、かっこいいでしょ』

無線ごしにモネが言った。

チッと、あざみの舌打ちが聞こえて、よけいなことするな、って感情が伝わってきた。

「火事だ！　ガラスケースから火が出ています！」

「『玉枝』が燃えてしまいます！」

暗闇に、真っ赤な炎が上がり、『玉枝』を照らす。

「火を消せ、はやく！」

黒髪の青年、アベルの指示がとび、隊員たちが赤い布を使って、火を消そうとする。

それでも、一向に火は消えない。

「お手伝いします！」

近くのテーブルからクロスを引き抜いて、５人の使用人が駆けよる。

その中に——あざみもいた。

あざみは、ガラスケースを支える使用人にまぎれて。
バサッとひるがえしたクロスの下で、だれにも気づかれることなく――
一瞬で、『玉枝』をすり替えた。
いま、ケースの中にはニセモノが、あざみの手には本物の『玉枝』がある。
これで、もう大丈夫だ。
あとはあざみが立ち去れば、計画どおり。
ぼくは、人ごみにまぎれながら、会場の出口に足を向けた。
「近づくな！」
ガッ　背後で、あせった隊員の声と、人の倒れる音がした。
バッと振り返れば、突きとばされたあざみや使用人たちが、床に倒れている。
ドクリと心臓が跳ねた。
「あざみ、大丈夫か？」
無線で確認したとき。
あざみは、床に手をついて顔を上げた。
隊員を見上げるあざみの眼に、ぼくは息をのんだ。
その眼には、明らかに憎しみ以上の感情がこもっていたから。
『やりかえさないと――』
無線ごしに、あざみの声が聞こえて。

いつもとちがう、うつろにふるえた声に、ぼくの心臓は嫌な音をたてた。

「いま近づいたお前たちは、あとで身体検査を行う！」

黒髪の軍人、アベルの声が響いた。

「あざみ、聞こえるか。早くそこから離れるんだ」

声をひそめて、無線で伝えれば。

あざみはハッとまばたきをして、サッと立ち上がった。

周りに集まった多くの使用人たちにまぎれて、あざみがその場を離れようとしたとき――

「きみもですよ」

あざみの腕をつかんで、そう言ったのは。

バロイア国の軍人、サイだ。

ヤバい！　ここであざみが捕まるのは、予想外だ！

あざみをふくめた5人の使用人たちが、隊員たちにつれられて、会場の一角に移動させられる。

「これ以上、だれも近づくな！」

剣を抜いたアベルのするどい声に、会場がシーンと沈黙につつまれた。

「何をやっている。早く火を消せ！」

アベルの指示に、赤い布で炎を消そうとするバロイア国の隊員たち。

でも、まだ、炎は燃えつづけている。

ジィ――ッ

突然、また不気味な音が響いて。

なんの前触れもなく、炎が一瞬にして消えると。

ガラスケースは自動で閉じた。

まるで、目的を果たした、というように。

会場の電気が灯る。

――会場の皆様、ご安心ください。現在、状況確認を行っております――

――引き続き、セレモニーをお楽しみください――

立て続けにアナウンスが流れ、クラシック音楽が会場に響きだす。

使用人たちが何事もなかったかのように、ゲストを案内していく。

1人、また1人と談笑をはじめることで、固まっていた空気も、次第に和らいでいく。

けれど、会場の緊張の糸は、張りつめたまま。

焦げた赤い布をかぶった『玉枝』は、引き続き、バロイア国軍に警備されることとなった。

会場のすみに待機してるあざみは、とりつくろった顔で、逃げる隙をうかがっている。

早くあそこから、あざみを逃がさないと。

いま、あざみがバロイア国に身体チェックをされるのは、まずい。

――「今回の計画は、時間とタイミングが大事なんだ。絶対にヘマはできないよ」――

あざみの言葉を思い出して。

計画の時刻表を頭のなかで確認したぼくは、くちびるをかんだ。

いろんなタイミングが、ずれてる。

「あざみ、ぼくが一瞬、周りの気をそらさせるから、その隙に、そこから離れてくれ」

『わかった』

あざみは、周りに気づかれないように、待機している他の使用人の背後に移動する。

ぼくは、そこに静かに近づいた。

そのとき——

「お前は、こちらで身体検査を行う」

息をのむ間もなく。

あざみは黒いスーツの男に、つれていかれてしまった。

えっと声を上げそうになったぼくは、深呼吸をくり返す。

どうするのが正解か。

あざみを追うか、それとも、北通路のバックヤードにいるモネと合流するか。それとも——

グッ
突然、ぼくの背中に、固いものがつきつけられた。

「声を上げるな、振り向くな。撃たれたくなければ、そのまま、中央通路のバックヤードに進め」

この声には聞き覚えがある。バスでぼくを迎えにきた、千手楼の部下だ。

男は周りにバレないように、ぼくの背中に銃をつきつけてるんだ。

ドクドクと心臓が波打って、頬に汗が流れる。

息を吸うたびに、首輪がぼくの首をしめつける。

ぼくは小さくうなずいて、メイン会場から出ると、通路に向かった。

「こっちだ」

中央通路からバックヤードの中に入り、奥に進んだ先に、黒い扉(とびら)があった。

男が、カードキーをかざして、扉を開ければ。

その先には――

「**よう、クソガキ**」

ソファに座った千手楼がいた。

4. 100億円求人のゆくえ

「よう、クソガキ」

そう言って千手楼は笑った。

ここは本郷グループ専用の別室。ここだけは、ＡＩシステムも機能しない、監視カメラもない場所だ。

計画では、ここで『玉枝』を受け渡す予定だったんだ。

45分後の、22時に。

「た、高橋ぃ」

部屋のすみでは、あざみだけじゃなく、モネまで両手を上げて立っていた。

モネも捕まってたのか……。

50メートル四方の、黒を基調とした部屋には、千手楼と3人の黒スーツの男がいる。

男の指示に従って、ぼくは2人のとなりに並びながら。

小声でモネに聞いた。

「楓は?」

計画では、21時10分にはモネと楓は合流しているはずだ。

現在の時刻は、21時15分。

「楓はいなかったんだ」

首を横に振ったモネの言葉に、ぼくは奥歯をぎりっとかんだ。

「楓のやつ、なにしてるんだよ」

青い顔のあざみは、何度も無線機を確認する。

けれど、楓とは一向につながらない。

でも、この部屋には、千手楼の部下は3人しかいないから。

もしかしたら、あと1人の部下が、もうすぐ楓を捕まえてやってくるかもしれない。

ぼくは、気持ちを落ち着かせるために、ゆっくり息を吐いた。

「千手楼さん、助けてくれてどうもありがとうございました。でも、会うにはちょっと早すぎませんか？」

むりやり笑顔をつくったあざみがそう言えば。

「心念あざみ、お前の行動を監視していた」

千手楼の低い声が室内に響いた。

「ヘマしたな。身体調査をされていたら終わってた」

「う、受け渡しは22時じゃ、な、ないの？」

サッとぼくの後ろに隠れたモネの声は、小刻みにふるえている。

ぼくは、ごくりとつばをのみこんだ。

せめて楓がいないと、ぼくらの身の安全は無いに等しい。

「まずは、『玉枝』をよこせ」

あざみに銃をつきつけながら、千手楼は手をだす。

【100億円求人】の達成条件は、『玉枝』を千手楼に渡すこと。

いま、ここであざみが『玉枝』を渡したら、業務を完了したことになる。

渡していいのか？

役目を終えた瞬間に、撃たれる可能性だってある。

いまも銃を下ろさない千手楼なら、やりかねない。

もう1つ、ぼくらが警戒しないといけないのは――千手楼の、リモコンだ。

リモコンが入っている千手楼の胸ポケットが、少しだけふくらんでいるのがわかる。

首輪が爆発したとき、どれくらいの規模になるかはわからない。

きっと、この広くない部屋で爆発したら、千手楼にも被害が及ぶ可能性があるから、いま、千手楼はリモコンじゃなくて、銃をにぎってるんだと思う。

だから、いますぐに千手楼が『爆破』ボタンを押すことはない、と、思いたい。

ごくりとつばをのみこんだ。

「あざみ……」

その名前を呼べば、あざみは横目で目を合わせて、小さくうなずいた。

あざみは1歩近づいて、至近距離の千手楼の手に『玉枝』を置く――

寸前で止まった。

「やっぱり、楓が来てないのに、渡せないですよ」

ぼくも1歩前に出た。

「千手楼さん、ぼくたち、4人で『スパギャラ』なんだ」

千手楼は、ぼくに銃を向けた。

「だまれ、さっさとよこせ」

するどい眼を向けてくる相手に。

ぼくは両手を上げたまま、1歩後ろに下がって、元の位置に戻った。

「あのガキは別にいい、どうせあとから来る」

そう言った千手楼に、だめか、とあざみは肩を落として。

平常心を顔に貼(は)りつけながらも、ふるえる手で、千手楼の手に『玉枝』を置いた。

ここで撃たれて死ぬか、生きのびるか。

ドクドクドクッ
深呼吸をすることで、なんとか心を保つ。

「……本物かどうか確かめるまで、仕事は終わらねえ。お前らも来い」

その言葉とともに、銃を下ろした千手楼に。

ぼくらは息をついた。

「下手な真似(まね)をしてみろ、ただじゃおかねえからな」

用意周到(よういしゅうとう)で用心深い千手楼は、運良くここでぼくらを撃つことはしなかった。

3人の部下は、この部屋で待機するよう言われている。

千手楼は、部下に【蓬萊郷】の場所を教える気はないんだ。

「こっちだ」

ぼくたちは千手楼のあとを、大人しくついていくしかない。

楓、どこにいるんだよ。

5. あざみの理想郷

「ネグレクト」
っていう言葉を知ったのは、小学3年生のときだった。

痛いのは嫌いだった。
なのに、３人の兄たちは毎日、おれを殴った。
「やめて」
っていう声は、聞いてもらえなくて。
父さんと母さんは、ボロボロのおれと目を合わせても、気づかないふりをした。
働きづめの父さんと母さんは、いつも疲れてて、ほとんど家にいなくて。
おれたちに無関心だった。
物心ついたときから、親にとって、おれは、いないようなものだったんだ。
気づいてほしくて、見てもらいたくて、声を聞いてもらいたくて。
愛されるための勉強をした。たくさん努力をした。
でも、何も変わらなかった。

いまのおれの現状が。
両親からの〝ネグレクト〟と。
兄弟からの〝家庭内暴力〟だってわかっただけ。
あと、これが、おかしいってことも。
「おかしいなら、変えないと」
ずっとこんな現状がつづくなら。
「やりかえさないと」
やられつづけたら、おれが壊れる。それなら、さきに相手を壊さないといけない。
あざみって花の花言葉は、「報復」。
それを知ったとき、これが、両親からの唯一の贈り物だって思った。
こんな現状から逃げきるために。
ダークウェブで報復を成功させるための情報を集めていた。
そんなとき、夢を叶えてくれる【蓬萊郷】って存在を知った。
そうしておれは、３人に出会った。
おれはここで、必ず理想郷を見つけて。
このクソみたいな日常から逃げきるんだ。

6. 囚われの楓

——時をさかのぼること、45分前
8月30日　午後8：30　in北のバックヤード——

夜空に満月が浮かぶころ。

バックヤードの倉庫の陰に、楓はいた。

「しばられる予定なんて、なかったんやけど」

両手足を縄で拘束された楓は、床に座らせられている。

できたばかりの場所とはいえ、だれかが歩いた地面に座ることが、どうしても気になって。

楓はずっと落ちつかない。

「あんたら、なんや。いきなり人のこと捕まえて」

「お久しぶりです、椋露路くん」

金髪の青年が、かがんで楓の顔をのぞきこむ。

楓の無線機は、バロイア国に捕まったときから、ずっと砂嵐のようなノイズが響いて、あざみにつながらない。

「もしかして……あんたら、4年前に、わたしたちから『玉枝』を奪ったやつか？」

「よく覚えていましたね！　アベルのデータでは、きみはかなり頭が悪いと書いてあったので、覚えてるか半信半疑だったんです。私はサイ。相方のアベルです」

となりにいる黒髪のアベルを手で示したサイに、楓は腕の縄を引きちぎれないか試してみる。

「私たちは、もちろんきみのことを覚えていましたよ」

この状況にも、汚い床に座らされていることにも。

楓はたえられなかった。

「今日、システム上で偶然お前を見つけたときはおどろいた。どうせお前だけじゃないだろ、他の３人はどこだ？」

「知らん」

「お前らの目的はなんだ？」

「言わへん」

アベルは、ゆっくりと楓の前にかがむ。

「なあ、４年前に、『玉枝』を盗んだお前らが、ここに来ているということは、千手楼にでも雇われたのか？」

楓は目をそらす。

そのしぐさを見て、アベルは顔を歪ませて笑った。

楓は、ゆっくりとあごを引いて、アベルをにらんだ。

「そんなことより、この縄を外せ」

「それはむりだ。それより、質問に答えろ」

アベルの言葉に楓はくちびるをかんで、そして、思い出した。

高橋に教えてもらったことを。

「……やめてや」

「だから、むりだ」

一蹴された。

「………」

楓は周りを見回す。でも、ここには〝助けて〟と言える相手はいない。

はぁ、と楓はため息をついた。

「そんな怖い顔をしないでほしいですね、それじゃあ私たちが悪者みたいじゃないですか」

「そうやろ」

楓の真正面で、ハッとアベルが鼻で笑った。

「悪者はどっちだ。他人のものを盗もうとするお前らだろ」

ガッ　楓は勢いよく、アベルの顔面に頭突きをくらわせた。

「ぐあっ」

アベルの鼻から、真っ赤な血が流れる。

鼻を押さえて、怒りで目を赤くするアベルを見て、楓は少しだけすっきりする。

「ハッ　わたしたちから『玉枝』を盗んだお前らに、言えた義理やないやろ」

「野蛮（やばん）な」

アベルの見下すひとみに、楓は押し殺した低い声で言う。

「ごめんなぁ、育ちが悪いんや」

「まあいい。いまからお前には、質問に答えてもらう。お前らは、今回のセレモニーで、何を企（たくら）んでいる？」

「何を聞かれても、わたしは答えへん」

「そうか」

アベルは、少し距離をおいて楓の前にしゃがむと、腕時計を見た。

「オープニングセレモニーの警備まで、あと10分は余裕があるな」

「アベル、頼みましたよ。私はまた代表の護衛に行ってきます」

そう言ったサイは、他の隊員をつれて去っていった。

「俺は、対象のあらゆる情報を見るのが好きなんだ。そして、それ以上に、その情報をつかって、相手の気分を最悪にさせながら、真実を吐かせるのが好きなんだ」

アベルは、顔を歪ませて笑った。

「じゃあ、椋露路楓。知っていることを全部吐いてもらおうか」

まっすぐに向けられるするどい眼を、楓はにらみ返す。

不測の事態のときは、あざみの指示をあおぐという約束を守るため。

無線がつながるまで、楓は口を閉ざした。

7. 蓬莱郷のありか

8月30日　午後11：00　ｉｎ 満月島

「来い、クソガキども」

封鎖され、全ての監視カメラが切られた満月島を。

ぼくらは、千手楼のあとにつづいて進む。

セキュリティシステムの確認という名目のもと、人払いをしたこの島には、ぼくとあざみとモネと、千手楼しかいない。

だから、助けを求められる人もいない。

白銀の光が灯り、それぞれのカジノルームを白竹が仕切る、高級カジノシティ。

美しいはずの白い装飾たちは、ぼくに〝死〟を連想させて、ずっと心が落ちつかない。

「ははは　もうすぐ夢を叶える【蓬莱郷】にたどりつくんだ」

千手楼の声は上ずり、口はいつも以上に動いている。

【蓬莱郷】に行けるのに。

その期待以上の不安が、ぼくの頭を占領する。

となりを歩いていたあざみは、気持ちを落ちつかせるようにトンッと自分の胸をたたくと。

ぼくらの前を歩く千手楼に近づいた。

「ねえ、なんで、いまなの？」

「あ？」

無線で何かを確認していた千手楼が、あざみを振り返る。

「千手楼さんって、本郷の直属の部下だったんでしょ？　なんで、本郷が生きてるときに、【蓬萊郷】に行かなかったの？」

あざみは、子どもらしい顔できょとんと小首をかしげた。いつもの3倍はあざとい。

『玉枝』をゲットして気分が高揚(こうよう)している、いまの千手楼なら。

欲しい情報も簡単に手に入れられると、あざみは思ったのかも。

あざみを見下ろす千手楼の顔がくもる。

「おれ、あなたが本郷さんに拾われてから、ずっと1番大事にされてた部下だって、聞いたよ」

「だまれ。あいつは……本郷は、俺を裏切ったんだ」

あざみは、よく意味が分からない、という表情をつくる。

「俺はたしかに、本郷の1番の部下だ。グループを継ぐのも俺と決まっていた」

そう語る千手楼の表情が、どんどんと凶悪(きょうあく)になっていく。

「でも、あいつは、【蓬萊郷】と『玉枝』だけは俺によこさなかった。その存在自体を死ぬまで隠し通そうとした。それがゆるせなかった」

本郷は、【蓬萊郷】と『玉枝』を隠そうとしてたんだ？　なるほど。だから死ぬまでの3年間、『玉枝』

について、バロイア国に追及をしたりしなかったんだ。

あざみは、そっか、と、目を細めた。

「だから、殺したんだ？」

「………」

千手楼が立ち止まった。

その沈黙が、答えだった。

「千手楼さん。おれたちなら、本郷グループの管理してる全てのカメラの記録をハッキングできるって知ってますよね？　たとえ、削除したデータでも復元することができるって」

自信満々に笑うあざみ。

「この1ヶ月の準備期間にこっそり調べたとき、見つけちゃったんです」

これはハッタリだ。

ぼくたちは、千手楼が本郷を殺した証拠なんて持っていない。

「……はははは っ　このドブネズミどもめ！　わらわらと湧く蛆虫みたいだな、このクソガキが！」

突然笑いだした千手楼の眼が、ぼくたちを射貫く。

その眼のするどさに、鳥肌がたった。

「ああ、俺が、本郷武蔵を殺した！」

ぼくは心の中で、あざみに拍手を送った。

「【蓬莱郷】に何があるのか問いつめたとき、あいつは殺気のこもった眼で俺に言ったんだ『殺されても言わん』ってな！　はははっ　だから、殺してやった。そのときに偶然、俺は【蓬萊郷】の場所を見つけたんだ！」

　声を上げて笑う千手楼。

「【蓬萊郷】に行って、俺が、本郷を超える武器商人になって、世界を牛耳るんだ！」

　よく見ないと気づけないくらい少しだけ、あざみの口角が上がった。

「その野望は、知らなかったです」

　あざみは上目づかいで千手楼を見てる。

「ああ、知っている人間は、この世にはいないからな」

　そう言った千手楼は、だまって再び歩き出した。その沈黙が、不気味だった。

　ぼくは、小さく息を吸う。

　いま、相当ヤバいことを聞いたってことは、わかった。

　あざみっていう人間は、〝やりかえす〟ことに異常なほど執念深い。

　たぶん、あざみは千手楼の弱みをにぎっておきたかったんだと思う。

　それには成功した。

　でも絶対、いまじゃなかったと思う。

　ぼくらが『玉枝』を渡して用済みになっている、いまのタイミングじゃない。

　あざみの行動は、確実にぼくの心臓の寿命を短くしてる。

　これは、楓がいないとまずい。この3人のなかで、まともに人と戦えるのって、ぼくしかいないから。

あざみは少しふるえた手で、また自分の胸をたたいていた。

ちなみにモネは、一言もしゃべらず、真っ青な顔で、ずっとぼくの後ろを歩いてる。

「ここだ」

ついたのは、ＶＩＰルーム。

満月島の中心にあるこの部屋は、いままで、白竹だけで仕切られていた部屋とはちがって、特別なカードがなければ入れない。

千手楼が開いた扉の先には、真っ白な空間が広がっていた。

円形の室内は、トランプやスロットなどの、全てのカジノゲームが楽しめるようになっている。

その中央には、白竹で囲われた、巨大なルーレット台が設置されていて。

台の最奥には、直径２メートルほどのウィールという円盤（えんばん）があった。ここに、ボールを転がしてゲームをするんだ。

「これが、【蓬莱郷】の入り口なんだ……」

心臓の音が、周りに聞こえそうなくらいうるさい。

千手楼が、ルーレットの中心のノブをつかむ。円盤を回転させるための、ハンドルみたいな部品だ。

ノブが引き抜かれると、そこに小さな穴が生まれた。

「ここを、鍵穴（かぎあな）にするなんてな」

その穴に、千手楼は鍵になる『玉枝』をはめた。

いま、夢を叶える理想郷の入り口が、開くんだ。

でも、開いた後、ぼくらがどうなるのかは、わからない。

だから、最悪を想定して、ぼくは周りに武器になるものがないか確認する。

いま引きぬかれたノブに、周りを囲っている白竹、その向こう側にあるスロットのレバー。

にぎる手の汗がひどい。

脈がどんどん速くなる。

「これを回せば、扉は開く！」

千手楼がそう高らかに声を上げて、『玉枝』をにぎる。

ぼくたちは、息をのんだ。

でも――

「あ？」

千手楼がいくら力を込めても、『玉枝』は、びくともしない。

「どういうことだ。なんで、回せない……？」

『玉枝』は、回ることはなくて。

扉は開かなかった。

「ニセモノか……」

地を這うような低い声が、ＶＩＰルームに響いた。

「え、どういうこと？」

ぼくの声はひっくり返った。

「は?」

「な、なになに⁉」

あざみも、モネも、状況を理解できていない。

一気に体温が下がった。

「お前ら、**仕組んだな**」

カチャッ

血走った眼と銃口が、ぼくらに向けられた。

8. あざみの猛攻

「ま、待ってよ！」

青ざめた顔で、あざみは両手を上げた。

「おれは、たしかにあのガラスケースから、本物とニセモノを交換したよ！　千手楼さんも見てたでしょう⁉」

あざみがそう弁解しても、引き金から指をはなさない千手楼。

ヤバい。これは、本当に危ない。

息が、どんどん浅くなる。

「それはつまり、**最初から、ニセモノが展示されていたってこと**でしょ」

あざみの言葉に、ぼくは顔をしかめた。

「本物は、バロイア国が持っているってことか⁉」

「そ、そんな！　僕ら、はめられたの⁉」

ぼくの後ろに隠れてるモネが、絶望の声を上げた。

「**あざみ**ががんばって盗んだのに！　ミスしたけど！」

モネも、予定にない炎の演出をしてたけどね。

あざみが、おれはちゃんと業務を遂行した、と必死に伝えても。

銃口の向きも、ナイフのような眼も、変わらない。

千手楼は、ぼくたちのことを信じていない。

いや、信じようが信じなかろうが、失敗したぼくらが、用済みになったっていう結果は変わらない。

「業務を失敗したお前らは、もう必要ない」

「え、でも失敗したのは**あざみ**だよ⁉」

モネが大きな声で主張する。

モネ、あざみに責任を押しつけようとしてるな？

「待ってよ！　チャンスをくれよ！」

あざみの叫びは、千手楼の心には届かない。

「失敗した人間にやる金はねえ」

千手楼は、ニセモノの『玉枝』をイラだたし気に引き抜いて。

ガンッ　床にたたきつけた。

砕け散った『玉枝』の欠片が、ぼくらの足元に飛び散る。

その破片を見て、ぼくらは、ゆっくりと後退した。

【100億円求人】は、**失敗**。

VIPルームには、千手楼の殺気だけが満ちている。

いますぐに、だれかの命が消えてもおかしくない。

だから、こんな状況になっても助かるために、楓が必要だったのに、連絡はいまもつかない。

「**契約書**にサインしたからには、ルールはルールだ」

引き金に指をかける千手楼の目は、本気だ。

「その1。この業務を失敗したら、100億円は渡さない」

ごくりと、つばをのみこんだ。

「待ってよ、おれたちの話も聞いてよ！」

パァンッ　あざみの頬スレスレを銃弾が飛ぶ。

こんな平和な日本で。

本気で銃で殺されそうになるときがくるなんて。

もう、どれだけ願っても、むりだってわかった。

逃げるしかない！

ぼくらは一斉に、出口に向かって走った。

「その2。この仕事に関わる全ての情報を漏えいせず、業務が終了したら、全ての情報を破棄すること。その方法に、必ず従うこと」

パァンパァンパァンッ
容赦ない発砲に、ぼくらはスロットやイスの陰を通りながら。

開いたままの扉へ、全力で逃げる。

「まあ、100億円なんてもとから用意してねえからな。この世をなんもわかってねえガキが、【100

億円求人】なんてありえねえもんに、簡単にサインするのが悪い」

千手楼は余裕の足どりで。

陰に入りきらなかったぼくらの足や腕を目掛けて、弾を撃ち込んでくる。

「お前らは失敗した。業務は終了だ。だから情報漏えいを防ぐために、契約書どおり、**お前らを消す**」

「はぁ!?」

「危ない！」

あざみの首根っこを引っぱって、スロットの陰に隠れる。

1秒前にいた場所に、弾痕と火薬の香りが刻みついた。

かんべんしてくれ。こんなところで、穴だらけになりたくない。

「殺されるなんて聞いてない！　契約違反だ！」

モネがしっかり隠れた状態で叫ぶ。

「破棄も、殺人も、変わらねえよ」

それに、と千手楼は、こちらに近づきながら言う。

「おしゃべりが過ぎたからな。俺の秘密は絶対に、隠し通さなきゃならねえ」

千手楼が、本郷を殺したって秘密を聞いていた時点で。

もし『玉枝』が本物だったとしても、ぼくたちは撃たれてた可能性が高いってこと。

ほんと、かんべんしてくれ。

「契約書どおり、殺されろ！」

千手楼が撃ちまくるから、辺りには砕けたガラスや、スロットのレバー、装飾の白竹まで落ちている。

ぼくは深呼吸をくり返す。

冷静にならないと、冷静に。

「よし。高橋、おとりになって」

「は？」

振り返れば、あざみがきゅるんとした眼で、ぼくを見上げていた。

「高橋が千手楼を引きつける。その間におれたちは、あの開いた扉に向かって走る。おれたち３人が助かる方法はこれだけだ、高橋いけ」

「いけ！」

背後で話を聞いてたモネは、ためらうことなく賛同する。

「あざみ、モネ、お前たちなぁ」

「その前に」

あざみは、ぼくに視線を送る。

その視線が何を意味してるのか、ぼくにはわからなかった。

突然、あざみが、手に持ったレコーダーを、大音量で再生した。

『まあ、１００億円なんてもとから用意してねえからな』

「千手楼さん、やっぱりおしゃべりが過ぎるね」

あざみは陰に身を潜めたまま、低い声で笑った。

「さっきの録音してたんだ。１００億円なんて、用意してないの？　それこそ、契約違反だよね。契約書を作る時点で用意してないってことだもん」

あざみは、死ぬ直前まで、〝人を煽(あお)る〟のと〝やり返す〟ことをやめられない性格なんだ。

千手楼の足音が、しなくなった。

あざみと目が合ったぼくには、その頬から落ちる汗がくっきりと見えた。

基本、あざみは頭が良いけど、たまに本当に悪くなる。

「たぶん、煽るのは正解じゃなかったな」

ぼくは、小さく首を横に振った。

「もう、うるせえよ。レコーダーごと、お前らを撃てばいいだけだ」

ハッと振り返れば、背後をとられていた。

つばをのみこむことすらできない緊張感に。

ぼくらはただ、両手を上げた。

その緊迫(きんぱく)した空気と沈黙を破ったのは——

「殺すならあざみからにして！」

モネだった。

ドンッ
モネが、あざみの背中を押した。

「お前！」

非難の声を上げて、千手楼に正面からぶつかるあざみ。
千手楼の視線と銃がそこに向いた瞬間——
ぼくは、床に落ちていた白竹をにぎって。
千手楼の間合いに入った。
スパァーンッ
目の前の光景が、スローモーションのように映る。
千手楼の頭を打った白竹が、くだけ割れて。
細かい破片が舞い、千手楼が目を見開く。
その眼は、怒りで真っ赤に染まっている。
パァンッ
襲撃を受けた千手楼の手元は狂い、あざみへはなたれる弾の道すじを変えた。
天井に穴を開けた銃弾の音を聞きながら、ぼくは走る。
あざみとモネは、すでに扉から逃げていた。
そういうやつだよな、お前たちって。
「クソガキがぁ！」
パァンッ　パァンッ
頭に強い衝撃を受けた千手楼の弾道は、まだ定まっていない。
勢いよくはなたれる銃弾から、ジグザグに走って逃げながら。

ぼくはなんとかVIPルームを脱出した。

すぐに2人に追いついたぼくは。

「よし、こっちに逃げよう」

角の先を確認して合図する。

背後から聞こえてくる、千手楼の怒鳴り声を聞きながら、ぼくらは息を殺して。

三日月島へつづく、バックヤードをひたすら走った。

なんだか、4年前を思い出す。

「千手楼は、おれたちを捕まえるよりも、バロイア国が持ってる本物の『玉枝』を探すことを優先すると思う」

あざみは、みだれた髪を整えながら話す。

使用人の髪がぼさぼさなのは怪しまれるもんな。

「たぶん、千手楼は、バロイア国の代表がいる三日月島にまっすぐに向かうよ」

なるほどね、とうなずいたモネは、胸を押さえてなんとか息を整えてる。

4年前よりは、少しは体力がついてるみたいだ。

「だから、さっき録音した、千手楼の〝隠しごと〟の音声を、三日月島の会場で流すんだ」

あざみが、胸ポケットから長方形の機械をだした。

レコーダーだ。

「音声を流すくらい、簡単にできるだろ?」

モネの首根っこをつかんだあざみに、モネはこくこくとうなずいた。

「さっきやられたこと、絶対に忘れないからな」

って、地を這うような声で言ったあざみから逃げながら、モネはパソコンに音声データを読み込んだ。

「で、できた」

数秒のうちに、モネは三日月島のスピーカーをのっとったんだ。

「い、いまごろ、会場で千手楼の声が何度もループして流れてるよ」

ふ、ふへへ、と笑うモネ。

ぼくは絶対に、あざみとモネは敵に回したくないって思った。

9. 宿敵は

「本物の『玉枝』はどこだ！　こうなったら、バロイア国の代表に直接聞いてやる！」

銃をにぎりながら、千手楼は三日月島へ向かう。

「【蓬莱郷】に、だれよりも先に行ってやる。あそこに行ったあと、あのクソガキどももニセモノを展示したバロイア国のやつらも、全員始末してやる！」

延々と罵声を吐きつづける千手楼の頭は、【蓬莱郷】と『玉枝』で埋め尽くされていた。

バンッ

三日月島のメイン会場の扉を、千手楼が開けたとたん。

バッと、会場にいた全ての人間が、千手楼を振り返った。

「な、なんだ」

そのとき、うす暗い会場に流れる声に、息をのんだ。

『ああ、俺が、本郷武蔵を殺した！』

それはまさしく、千手楼本人の声だった。

「千手楼さん、こちらへ」

本郷グループの千手楼の部下たちが、一斉に千手楼を囲んだ。

「やめろ！　なんだ、離せ！」

部下たちは、千手楼の両手をつかむと。

そのままバックヤードにつれていく。

バタンッと重たい扉が閉まった。


プツンッ　会場のカメラの映像を、モネが切った。

「あっははは！」

「しししっ！」

「ふ、ふへへへ」

ぼくらは、モネのパソコンの前で、お腹を抱えて笑った。

「あ、でも、千手楼はリモコンを持ってるよね？　ぼ、僕らの首は、いつでも吹っ飛ばされる可能性が、あるってことだよね」

モネの顔が、みるみるうちに真っ青になっていく。

首輪をなぞったあざみは、一度目をふせて、頭を振った。

「いまの千手楼はリモコンに構ってる暇なんてないよ。当分は大丈夫」

リモコンという言葉に、ぼくは首をひねった。

「そういえば、なんで千手楼は、わざわざぼくらを銃で撃とうとしたんだろう？　リモコンで『爆破』ボタンを押せば一発なのに」

あざみが、ニヤリと笑う。

「おれ、千手楼が無線で部下と話してる内容を聞いたんだ。部下の報告では、楓はまだ見つかってないらしい」

「だからなに？」

モネが、早く結論を言って？　と目で伝えてる。

「楓が、もし三日月島にいたら、首輪を爆破させたときに他のゲストに被害がでる。だから千手楼は、さっきリモコンを使わなかったんだ」

なるほど。楓がいないことで、逆に助かったのか。

「ひとまず、これで千手楼からは逃げられた。もし千手楼が部下から逃げきれたとしても、あいつの場所は把握できてる」

あざみがかかげたスマホには、千手楼を示す赤いマークが見えた。

「さっき、発信機をつけたんだ。『玉枝』を渡すときに、高橋に一瞬だけ千手楼の気をそらしてもらってね」

「これで、あいつと会わないで行動できるな。よくやったよ、あざみ」

ニコッとぼくに笑ったあと、あざみはモネの首根っこをつかんだ。

「それにしても、お前マジでふざけんなよ。さっき、お前が押したせいで、おれは死にかけたんだぞ」

「も、もうゆるしてよ、結局助かったんだからさ」

泣きそうな顔で、被害者面するモネに。

あざみは、はぁ？　と口を開ける。

「たしかに、あのときのモネはひどかった」

「高橋ぃ」

泣き声を出すモネに、あざみは顔をしかめる。

「お前、マジで何でもゆるされると思うなよ？」

「まあまあ、あざみ。いまは次のことを考えよう」

両手を広げるぼくの後ろに、サッとモネは隠れる。

でも、ぼくの背中はそんなに広くない。隠れきれなかったモネの腕を、あざみはバシバシたたいてる。

それでも、安全圏に逃れたって感じで、モネは肩をすくめた。

モネという人間は、人を、とくにあざみをイラつかせる天才かもしれない。

「次やったらマジでゆるさないからな」

舌打ちしたあざみに、モネは返事もなく、ぼくの背中にしっかり隠れる。

「はぁ、それにしても、【100億円求人】は、失敗」

あざみはため息まじりに肩を下げた。

100億円を手に入れることはできなかった。

バックヤードの窓を見上げれば。

日づけが変わった真夜中の空も海も、真っ暗だ。

「とりあえず、まずは楓と合流するよ」

あざみの提案に、ぼくはうなずいた。

「ふう、か、楓がいないと、僕らだけじゃ、身が持たないよ」

「だいたい、楓はいまどこにいるんだ？」

ぼくのつぶやきに応えるように。

背後に人影ができた。

「案内してあげよう」

「「え？」」

振り返った瞬間。

背後から腕を回されて。

一瞬にして、ぼくは羽交いじめにされた。

「私たち、バロイア国が、自らね」

うそだろ……。

ぼくらを捕まえたのは、もう1つのプレイヤー。

バロイア国だ。


ぼくらのゲームは、まだ終わりそうにない。

SECTION3 ゲームにはリスクがつきもの

1．スパギャラ集合

8月31日　午前0：30

「あ、楓」

満月島の最奥にある、バーのあるカジノルームで。

イスに手足をしばられた楓と、ぼくたちは再会した。

「え、お前マジ？　ずっとここでしばられてたの？」

あざみはでかい声でそう言って、楓をぼう然と見つめた。

「……ごめん」

目をそらして、小さくうなずく楓。

部屋には、ポーカーテーブルやルーレットテーブルが数台おかれている。

その1つのシンプルなルーレット台の前で座らされていた楓は、少し疲れてるみたいだった。

楓のとなりに、あざみ、モネ、ぼくの順で同じように拘束される。

「楓、大丈夫だったか？」

「ん、大丈夫や」

楓に目立った傷とかはとくにない。

でも、その楓の眼の奥には、いまにもだれかを呪い殺しそうな、ほの暗さがあった。

「最初は倉庫裏やったんやけど、さっき、この部屋に移動させられたんや」

眉を下げた楓に、あざみは盛大に肩をぶつけた。

「おれたちほんとに大変だったんだからな！　このばかえで！」

「わたしかって、ずっと無線がつながんの待っとったんや！　……なあ、あざみ」

何かを確認しようとする楓に。

あざみは、まだ、と小さく首を横に振った。

ふふっと笑い声が聞こえて、そこでやっと、ぼくは前方に視線を向けた。

ルーレット台をはさんだ先のディーラーが立つ場所に、サイとアベルが立っていた。

その背後には、８名の隊員たちが、姿勢よく立っている。

「楓くんの首輪と無線機には、電波妨害のアイテムをつけましたから、つながらないのはあたりまえです」

なるほど、だから千手楼の部下たちも、楓を見つけられなかったんだ。

ため息をついた楓は、ふいにぼくを見た。

「高橋、〝助けてくれ〟」

そう言われたぼくは一瞬、どういう意味か、よくわからなかった。

それから、あー、とぼくは肩を落とした。

前に、楓に言ったアドバイスを思い出したんだ。

「いますぐには、ちょっときびしい。ごめんな」

なかなかこの世は、うまくはいかない。

モネは、ぼくの横でしくしくと泣いている。

「な、なんでこんな失敗ばっかりつづくのぉ。うぅ、もうやだよ。ぼ、僕帰りたい。お金もなんもいらないからぁ」

なげくモネの声に、面倒くさそうに顔をしかめたあざみは、天井を見上げてため息をついた。

「なんで、きみたちみたいな子どもが、一度でも『玉枝』を盗めたんでしょうね」

目の前にいるサイは、あきれた顔で腕を組む。

サイはぼくらのことを子どもって言ったけど。

ぼくが思うに、サイとアベルもまだ18歳くらいだと思う。

「バロイア国のブラックリストにのっている危険人物なのに、こうして見ると、ただの中学生だから、不思議だな」

あきれたような、変なものを見るような眼で、アベルがぼくらを見てる。

「ブ、ブラックリスト?」

モネの顔が真っ青になる。

「バロイア国が警戒する人物をのせたリストですよ。あなたたちの情報は、凶悪犯やスパイなどと並んでしっかりのっています」

そんなたいそうなものに名をつらねていたなんて、ぼくの個人情報はどうなってるんだ。

本題に入りましょう、とサイが1歩前に出た。

「ご存じのとおり、私たちバロイア国も、4年前、『玉枝』を狙っていたんですよ。でも、本郷の屋敷への侵入は難しかった。そんなときに、きみたちが大暴れしてくれたおかげで、私たちは目立つことなく、『玉枝』を手に入れることができました」

だから、どうもありがとう、とサイは、作ったような完璧な笑みを浮かべる。

「もうゲットしたなら、わざわざオープニングセレモニーなんかで飾らなくても良かったんじゃないですか？」

「自慢したかったんか？」

ぼくと楓は、首をひねる。

「【蓬莱郷】の場所を見つけたかったんです。私たちはこの4年間、国総出で【蓬莱郷】を徹底的に調べました。けれど、ダメでした」

困りましたよ、とわざとらしく肩を下げるサイのしぐさにイラッとした。

「だから、今回、オープニングセレモニーで『玉枝』を使って、【蓬莱郷】のありかを知る者をおびきだしたんです」

なるほど。ぼくらは策略どおり、おびきだされたのか。

「今回のセレモニーで千手楼をマークしていたところで、偶然、椋露路くんを見つけました。そのときに、千手楼がきみたちを使ったのだとわかりました」

「お前らの手口は前回とほぼ同じ。日本でいう〝バカの1つ覚え〟だな」

「そして、結果はこのとおり、私はいまとても嬉しいです」

ぼくらはいままでで1番、イラッとした感情を共有したと思う。心はひとつだ。

「バカっていうほうが、バカなんやで」

「つまり、今回のオープニングセレモニーは、全て【蓬莱郷】の場所を見つけるために仕組んだものなんですよ」

楓の言葉は綺麗にスルーされた。

「負け犬のお前らは、ただ俺たちの手のひらで転がされてたってわけだ」

「ぼくたちが、負け犬?」

ぼくは、じっとサイとアベルを見つめる。

「私たち、何かまちがったこと言いましたか?」

サイは笑った。さげすむみたいに。

「きみたちは、ただ嘆いて、ただ逃げるだけの日々を送る、負け犬じゃないですか。私たちの国では、逃げる者と書いて、敗者と呼ぶんですよ」

ぼくは、いま、本気でムカついた。

「ししししっ　おれたちが、逃げるから負け犬だって?　面白いね」

笑い声をあげたあざみの眼は、笑ってなかった。

「もう、この話はいいです。私たちは忙しいので」

だから、と、サイはあざみを見つめた。

「【蓬萊郷】の場所を、教えてくれないですか、心念あざみくん？」

そして、さっきの会場以来ですね、とにこやかに言った。

会場で腕をつかんだときから、サイは使用人のあざみの正体を知ってたんだ。

「なんで、おれに聞くの？」

「きみが、計画立案者で、リーダーでしょう？」

ひと好きする笑顔で、サイが小首をかしげる。

あざみも同じように、首をかたむけた。

「ざんねん、リサーチ不足だね。まちがってることは2つある」

あざみは、ニコッと笑った。

「1つは、おれたちは、【蓬萊郷】の場所を知らない」

もう1つは、とあざみは前のめりになる。

「『スーパーウルトラギャランティックソニックパーティー』のリーダーは、おれじゃない、楓だ」

サイは、その眼を冷たくする。

「下手にうそはつかないほうがいいですよ。きみたちは、【蓬萊郷】の場所を知っているはずです」

「さきほど、三日月島で、本郷グループの最高責任者、千手楼の音声を流したのは、そこのお前だろう」

アベルに指をさされたモネは、ビクッと肩を跳ねあげて、頭を横にブンブン振る。

「し、知らない、僕なんも知らない！」

その下手すぎる演技に。

ぼくは、肩をふるわせてくすくす笑ってしまった。

これはしょうがない。モネの演技がひどい。

あきれたあざみは、口も目も開けてモネをにらんでる。

「ハッ　その様子じゃ、あの音声を流したのは、やっぱりお前らだな。つまり、お前らは、千手楼からあの証言を引き出すほどの関係性を築いていたということだ」

ひとさし指を立てて、一言ずつあざみをつめていくアベル。

アベルの言葉には、しんどくなる毒がある。

モネは、もう話の中心にいないからって、部屋の角をぼーっと見てる。

「この場で1番、【蓬莱郷】の場所を知っている可能性が高いのは千手楼だ。その千手楼の音声を流すということは、もうお前らに、やつが必要ないということ」

理路整然としたアベルの言葉に、あざみはくちびるを引き結んだ。

「軽率な行動が、裏目にでたな」

ハッとあざ笑うアベルに、楓が縄を解こうと身をよじる。

楓なら、きっと縄を引きちぎれるんじゃないかって思う。

「頭があるのは、お前らだけじゃない、よく覚えておくんだな」

冷ややかな目で見下すアベルに、楓は殺意のこもった眼を向けていた。

「さっさと【蓬莱郷】の場所を吐け」

銃を構えたアベルを無視して、あざみは上目づかいで、サイを見上げる。

「ねえ、残念だけど、おれたちは何をされようと、絶対に【蓬萊郷】について吐かないよ。4年前、『玉枝』を盗むためなら、なんでもやったおれたちを知ってるあんたなら、わかるでしょ？」

サイの目から温度が消える。

「死にたいようですね」

あざみはあごを上げて、ニヤッと笑った。

「ねえ、勝負しようよ。おれたちが負けたら、【蓬萊郷】の場所を話す」

「ほう？」

アベルが興味をもったように眉を上げた。

「その代わり、おれたちが勝ったら、逃がしてよ」

サイとアベルは目を合わせて、ニヤリと笑った。

「わかりました。その賭けに、のりましょう」

「約束だよ」

「ええ、約束は守ります」

2. 蓬萊郷へ行くべき人

「ゲームは、ルーレット。いちいちルールを確認するのも面倒だ」

アベルは、小さな白いボールを指ではじいた。

「そうですね。ゲームは簡単に、ボールがとまるマスの色で、勝ち負けを決めましょう」

サイが提案する。

「**黒**が俺たち、**赤**がお前たち。1回勝負だ」

「え、あのー、ゲームも色も、あなたたちが決めるのは、公平じゃなくないですか？　もし、ボールが黒のマスに落ちるような仕掛(しか)けをしてたら、そっちの有利じゃないですか？」

ぼくは前のめりになって言った。

イカサマされたらたまらない。

「ハッ　いまさら、イカサマだらけのお前らに心配されるとは」

「確認してもいいですか？」

アベルの黒いひとみが、怪(あや)しむようにぼくを見つめる。

「お前は偽造(ぎぞう)師だろ？　確認するときに、細工されても問題だ。監視(かんし)をつける」

ぼくの縄は足の部分だけ解かれた。両手は拘束されたままだ。

2人の軍人にはさまれた状態で、ぼくはシンプルなつくりのルーレット台をぐるっと確認していく。台の裏から、ルーレットの円盤のウィール、それを回転させるノブまで。

背後で、あざみが、はぁとため息をついていた。

「そもそもさぁ、なんでそんなに【蓬莱郷】に執着するの？　バロイア国は、もう十分、お金も力もあるじゃん」

振り返れば、あざみが手持ちぶさたにサイに話しかけていた。

「では、私も質問します。きみたちこそ、なぜ、そんなに〝逃げる〟ことに執着しているんですか？」

なぜって、それは――

逃げるしかなかったから。

4年前、ボロボロだったぼくらには、逃げ先が必要だった。

その逃げ先が、【蓬莱郷】で。

たまたま、『スパギャラ』が集まったんだ。

「私は、きみたちの4年間の様子をまとめたデータを確認しました。ふつうの生活をして、ふつうの人間みたいに生きている。きみたちこそ、いまのままでいいじゃないですか」

ファーストゲームで、4年前より、生活はマシになったから。

ぼくらは、ふつうに生きることができてる。

たしかにそう見えるかもしれない。

でも、ぼくの日常は壊れてて、心もうまく動かない。ふつうでいたくても、いられないんだ。

そんなしんどい日常から逃げたくても。

毎朝、鏡を見るたびに首輪の【NO ESCAPE】（逃げられない）って文字が目に入って。

心が死ぬんだ。

そんな日常に現れた【100億円求人】が、夏休みの唯一の逃げ道だった。

だからぼくらは、ここにいる。

この瞬間だけは生きてるって。

自分の心がちゃんと動いてるって。

わかるから。

「4年間こんな首輪をつけて、ふつうに生活できるわけないじゃん。この最低な気分も、息苦しさも、あんたたちには一生理解できないよ」

首輪を見せつけるようにあごを上げたあざみは、冷たい声で言いはなった。

「たしかに、首輪をつけたいとは思わないな」

ハッと鼻で笑うアベルに、ぼくはこぶしをにぎった。

「とにかく、きみたちは身の丈にあった選択をするべきです。この世には、力をもつべき人がいます。【蓬莱郷】にたどりつくべき人がいます。でも、きみたちは、そうじゃない」

サイは両手を広げて語る。

「私たちバロイア国こそ、ふさわしい」

ルーレット台に手をついて、ぼくらを見下ろすサイ。

「私たちは【蓬萊郷】を、手段として利用します。そこが夢を叶えてくれるなんて、信じていません。夢は、自分の努力と実力でつかむものですから」

ああ、サイは、自分の努力と実力でつかめなかったものが、なかった人間なんだ。

これは、スタート地点が、ぼくらとはちがう人間の言葉なんだ。

「だから、私たちバロイア国は、これからも発展していくために、【蓬萊郷】をいただきます」

自信と誇りを笑みにたたえたサイを。

ぼくは心の底から嫌悪した。

「しししっ　ちがうちがう、おれが聞きたいのは、そういうんじゃないって」

笑い声を上げたあざみがかぶりを振る。

「正直に教えてよ。なんでバロイア国が、【蓬萊郷】を求めてるか、本当の理由をさ」

にこりと笑ったサイが、背後の隊員たちにあごで合図をする。

2人の隊員が、あざみに駆けよった。

あざみは、少しだけ抵抗して、背中側のベルトを隠すように、身を引く。

けれど、その動作すら見抜いた隊員は、あざみのベルトにはさまれていたレコーダーを抜き取った。

チッと舌打ちしたあとも、他の隊員によって身体調査されたあざみは。

その胸ポケットから、もう1台のレコーダーを引き抜かれていた。

あざみは、ぼくたちがこの部屋に来たときから録音していたみたいだ。

「もう不審な物は持っていないようですね。会場にいたので、『玉枝』を盗まれるかと心配していたのですが、まあ、あの一瞬では、盗みようがないですものね」

隊員とうなずき合ったサイは、納得するみたいにつぶやいた。

「あいにく、俺たちは千手楼と同じ手にはのらないんだ。同じような作戦しか練られないやつは、この世界じゃ生き残れない」

レコーダーをひねり潰して笑ったアベルに、あざみは下くちびるをかむ。

楓が、あざみを困ったように見る。

「ばかえで、こっち見んな」

楓に向かって、すねるように目を細めたあざみは、悔しがるように顔をそむけた。

しゅんとうつむいた楓は、一度だけ身をよじった。

「お前も、もういいだろ、座れ」

アベルに背中を押され、ぼくはイスに戻った。

「問題はなかったよ」

そう言って、首をたてに振ったぼくは、また大人しくイスにしばりつけられた。

「レコーダーがなければ、ただの子どものお前らが、どこにどう言おうが、信じてもらえないだろう。それに、この部屋のカメラの電源は全て切ってある」

「証拠を残せないきみたちになら、特別に教えてあげますよ」

サイはくすっと笑いながら、あごに手をあてた。

「バロイア国には、野望があるんです」

サイとアベルは、軍服だけを見ても、かなり地位が高いってわかる。

そんな彼らが話す、バロイア国の野望。

ぼくらはこんな状況でも、少しだけ興味があった。

「その野望っていうのは？」

あざみの質問に、ぼくらはつばをのみこんだ。

「バロイア国は、いずれ、**世界一の武器輸出組織**となり、世界を牛耳ります」

「なーんや、ほんまにつまらん。アホくさ」

「こらこら、楓、声に出てるよ」

だめだよ、とぼくは首を振る。

あざみはため息をついて、爪をいじってる。興味をなくしたみたいだ。

モネなんて、暇そうにゆらゆら横にゆれはじめてる。

「お前ら、ほんと、ムカつくな」

アベルが腰にさしていた剣に手をのばすのを。

まあまあ、とサイがたしなめて止める。

「私たちは【蓬萊郷】を手に入れて、世界にバロイア国の力を証明します」

そう言って、サイはほほ笑む。

「そして、手はじめに、あの目障りな大組織をつぶします」

わぉ、と言うあざみの声が、やけに響いた。

「ハッ　バロイア国が、『スペード印』と同盟を組むなんて形だけだ」

「大胆やな」

「いまだって、すでにスパイを送り込んでいるしな。今回の同盟も、裏切る算段はついている。月で軍事施設が設立するころには、『スペード印』は跡形も残らないだろう」

　モネが真っ青な顔をする。

「そ、そんな、国際問題じゃないですか！」

「問題にならないように、私たちは力をつけているんです。圧倒的な力を持つ強者は、弱者の意見なんて、簡単にひねり潰せますから」

「俺たちには、実力がある。あとは、【蓬萊郷】という存在を手に入れてその威光を利用するだけだ」

だから、手段として【蓬萊郷】を求めてたんだ。

　なんか、つまんないな。

　バロイア国は、そのキラキラした軍服みたいに、自分たちを強く見せるためのアクセサリーとして【蓬萊郷】を使おうとしてるんだ。

「趣味わるすぎ」

　うげえって顔をしかめたあざみ。

「きみたちのような負け犬には、わかりませんよ。上にいる者の気持ちなんて、一生ね」

　静かなルーム内に、サイの声が響いた。

　まるで、天上人が雲の下をのぞくみたいに、あたりまえのように、サイとアベルはぼくらを見下す。

ふいに、その2人が、耳元の無線に手をあてて。

意味ありげに目を合わせた。

「さて、しゃべりすぎてしまいました。そろそろゲームをしましょう」

パンッと手をたたいたサイ。

その音に、隊員たちが、ぼくらの後ろに回った。

「え、なに？」

「黒がでた瞬間に、きみたちには、この世から消えてもらいます」

カチャッ
ぼくの頭に、固いものがあたった。

銃口を、つきつけられてるんだ。

横を見れば、３人の頭にも。

「あざみくん。きみとのおしゃべりには、もうあきてしまいました」

そう告げたサイに、あざみの頬に汗が流れた。

「じゃあ、はじめる」

サイがルーレットの中心のノブを、くるっと回して。

アベルが白いボールを、指で弾いた。

赤と黒の回転盤の上を跳ねるボール。

カラカラカラッ

黒に入れば、ぼくらは即死(そくし)。
赤に入れば、ぼくらは逃げきれる。
ぼくたちは息をのんで、円盤を跳ねるボールを見つめた。

3. ルーレットの勝敗は

円盤が、ゆっくりと止まっていく。
最後にボールが跳ねて、落ちたのは——
黒。
「ふふふ、残念でしたね」
サイの声に息をのんだとき。
奇跡(きせき)が起きた。
コロンッ
白い球が、最後にもう一度跳ねて、となりのマスに落ちたんだ。
赤のマスに。
「よ、よかった……」
ぼくの頭は、吹(ふ)き飛ばずに済んだ。
全身の力が一気に抜ける。
楓もモネも、背もたれにもたれて、息をついてる。
あざみは、なんだか余裕(よゆう)な顔で笑ってた。

「おれたちの勝ちだ。約束どおり、逃がしてよ」

あざみの言葉に。

サイとアベルは目を合わせて、笑った。

「どう逃がすかは、約束してませんでしたよね」

「逃げるって意味も、いろんなとらえ方があるからな」

「「「は？」」」

「この世から、逃がしてやるよ」

サイとアベルが銃を構えた。

「どっちにしろ、死ぬってことでしたね」

サイは肩をすくめる。

「殺す前にちょっとした余興があってもいいと思って、遊んであげたのですが……逃げることしか考えず、敵陣で相手の言葉を信用するなんて、きみたちは本当に愚かですね」

「だから負け犬なんだよ」

あざ笑う2人に、ぼくはこぶしをにぎることしかできない。

「【蓬莱郷】の場所を吐かないお前らに、これ以上、時間は使えない」

「このあと、千手楼を捕まえて、直接話を聞きましょう。その方が早そうです」

あの男の居場所なら、管理システムのカメラで把握できるので、とサイはほほ笑む。

「なら、最初からぼくらじゃなくて、千手楼を捕まえればよかったんじゃないか？」

「ついさっきまでは、政治的にも、セキュリティ的にも、千手楼に手は出せませんでした」

ぼくの質問に、サイは耳元の無線をなぞって、ほほ笑んだ。

「けれど、さきほど、きみたちとおしゃべりをしているときに、本郷グループの通信を盗聴した仲間から、千手楼が最高責任者から解任されたという報告を聞きました」

「いまの追いつめられた千手楼なら、取り引きがしやすそうだ」

アベルがハッと鼻をならして笑った。

「安心してください。これは、私たちの国がつくった高性能の銃です。痛いのは一瞬です」

ほほ笑んだサイの眼は、本気だった。

「大丈夫だ、海の底は深い。お前らはだれにも迷惑をかけず、魚の餌になるだけだ」

セーフティーレバーが、下ろされる。

ぼくらを囲う隊員たちが、引き金に指をかける。

相手は本気だ。

ぼくらは、ここで殺される。

「いやや……」

楓のひきしぼるような声が聞こえた。

本当に、ここで終わっていいのか？

だめだろ。

考えろ、考えるんだ。

どうすれば助かる？

心臓の音がうるさくて、思考に集中できない。

ピリついた殺気と緊張に。

一瞬の沈黙が支配した。

そのとき――

「あ、あの！」

モネが、前のめりになって叫んだ。

「【蓬莱郷】の場所は、**ルーレット**なんだ！」

「「「は⁉」」」

ぼくらは、モネを見る。

なに言ってるんだ？

「び、ＶＩＰルームの、大きなやつ！　ぼ、僕が、扉のシステムをハッキングすれば、ＶＩＰルームに入れるよ！　**僕が１番はやく開けられる！**」

まじか、モネ。

裏切りやがった。

「ほ、本物の『玉枝』の場所も知ってる！　実は、あざみは、停電のとき、に、す、り替え、て、な、いの！　本物は、いまも展示されたままなんだ」

「は、ふざけんな！　いいかげんにしろ！」

ガッ　あざみがモネをだまらせるために、イスごとぶつかる。

「なんで本当のこと言うんや！」

「モネ！」

ぼくたちは、前のめりになってモネにつめよる。

「へぇ、よく教えてくれましたね」

『玉枝』については想定内です。とサイはほほ笑む。

「ほ、本当のこと言ったから！　僕だけは助けてください」

泣きそうな顔で懇願するモネに、アベルはニヤリと笑う。

「他には？　お前は、他に何ができる？　どう俺たちの役に立てる？」

アベルの低い声に、モネは目をきょろきょろさせると。

意を決したように、まっすぐアベルを見た。

「ぼ、ぼく、この1ヶ月の間に、本郷グループや『スペード印』の弱みや秘密を調べたんだ、全部」

早口で話しつづけるモネに、ぼくは口が開きっぱなしだ。

モネは、本当にハッカーとして優秀だ。人間としては本当にどうかと思うけど。

「つまり、何が言いたい？」

アベルが1歩、モネに近づく。

「僕、あなたたちに、ライバル組織の情報を渡せるよ！　あなたたちの役に立てる」

「ふふふ、いいですね。素晴らしいプレゼンテーション能力です」

サイが視線で合図すれば、隊員がモネの縄を解いた。

「私たちと、一緒に行きましょうか」

「へ、あ、は、はい」

2人の隊員に、両腕をつかまれたモネ。

「まずは、展示されている本物の『玉枝』を取りに行くぞ」

アベルが銃をしまいながら指示を出す。

サイとアベルのあとに、モネと、2人の隊員がつづいて。

残りの6人の隊員たちは、ぼくとあざみと楓に銃を構えたままだ。

「モネ、お前……マジでやりやがったな……ゆるさねえ」

「ふざけんなや、お前」

「モネ、どうして……」

小心なモネが、こんな大胆な裏切りをするなんて……。

いや、でも、そういえば、こういうやつだった。

「僕、まだ死にたくないし」

しばられたままのぼくらを振り返って。

「だれかに裏切られるくらいなら、先に裏切るのが1番いいでしょ」

モネはべっと舌をだした。

あ、うざ。

「マジで、ゆるせねえ」

あざみの、怒(いか)りにふるえた声を聞きながら。

ぼくはぎりっと歯をくいしばって。

去っていくモネたちを、にらむことしかできなかった。

4. モネの理想郷

三日月島のメイン会場まで、バロイア国の4人の軍人とともに歩くモネは。

ふと、昔のことを思い出した。

そういえば、4年前のときも、4人だった。


僕は、いつもひとりぼっちだった。

でも、小学4年生の春、ほんの少しだけ、僕に友だちができたときがあった。

4人グループが、僕をさそってくれたんだ。すごく嬉しかった。

だから、友だちの言うことは、なんでもやった。

遊ぶときはいつもお菓子(かし)をもっていったし、ほしいって言われたゲームは全部貸して。

お母さんの財布からお金を抜いて渡すことだってした。

秘密だって、共有した。

「あ、あのね、ほ、本当に秘密にしてね。ぼ、僕、ハッキングが、できるんだ」

秘密を教えたら、友だちはすごく興味をもってくれた。

「ねえ、じゃあやってみてよ」

僕は、やった。学校のシステムに侵入して、個人情報を引き抜いたんだ。
でも、友だちっていうのには、食べ物みたいに、期限があった。
期限が過ぎたら、腐るんだ。
ハッキングをした次の日。
僕の家の前に、パトカーがとまってた。
通報したのは、友だちだった。
怖くなったから、警察に言ったんだって。
ぼくは、裏切られたんだ。
それから僕は、人に期待しないって決めた。
期待しなければ、裏切られたって、僕は傷つかない。
その事件から変わったことは。
友だちが0人に戻ったことと。
お父さんとお母さんが家に帰ってくる頻度が、もっと少なくなったってことだけ。
その日から、僕は学校に行けなくなった。

現実はしんどいから、ずっとインターネットの世界にもぐってた。
そんなとき、僕は、ダークウェブで【蓬莱郷】って言葉を見つけた。
この理想郷でなら、ぼくは、ちゃんと生きられるかもしれない。

情報を集めたくて、【蓬萊郷】について語る部屋をネット上に作って。
そこで、僕は、３人に出会った。
まあ、結局、いまはまたひとりぼっちになったけど。
しんどい現実から逃げるために。
僕には【蓬萊郷】が必要だったんだ。

5．ぼくの絶望

ぼくは絶望していた。
目の前が、真っ暗で。
なにも、うまく考えられなかった。
「モネ、ぜったいゆるさへん」
縄をゆらす楓。
「むだな抵抗はやめろ」
ぼくらを囲む6人の隊員たちは、いまも銃を構えている。
きっと、サイの指示があったら、すぐにでもぼくらを撃つんだ。
ああ、4年前と同じだ。
結局最後は、ゲームに勝てない。
モネには裏切られたし。
『玉枝』は、バロイア国の手に戻って。
【蓬萊郷】まで、やつらのものになるんだ。
千手楼にはやり返したけど、首輪はあいつが管理してる。

ぼくは、結局、逃げきることなんてできなかった。
これが、終わりってやつなんだ。
「なあ、あざみ、どうする？」
「…………」
あざみまでだまった。
首輪は、ぼくの首を、いつも以上にしめつける。
ゆっくりと息を吐いて。
ぼくは背もたれに、身体をしずめた。
まさか、こんな終わりを迎えるなんて。
セカンドゲームは、これで終了。
ぼくの人生も。

「あーあ、ひどい人生だったなぁ」

6．スパギャラっていうのは

8月31日　午前3：00

真夜中をすぎたカジノシティ。

三日月島での全てのセレモニーが終わり、カジノのできない【トコヨノクニ】から、ゲストはまばらに去っていった。

安全性の確認という建前で、満月島は封鎖されつづけ、部外者の立ち入れない厳重な態勢がとられている。

そんな島の中心にある、ＶＩＰルーム。

そこに、モネをつれた、サイとアベルと2人の軍人がいた。

「カジノの中心に、【蓬莱郷】を隠すなんて、粋なことをしますね」

そう言ったサイの手には、展示されていた『玉枝』がにぎられている。

部屋の中心にある巨大なルーレットは金に縁取られ、回転盤は直径2メートルもあり。

先ほど勝負に使ったものとは比較にならないほど、美しく繊細なつくりだった。

モネがこのルーレット台を見るのは二度目だ。

その中心のノブは、床に落ちたまま。

床に残る弾痕や、砕けた『玉枝』らしきものを見て。

サイとアベルは小さく笑った。

「ここで、千手楼は子どもに頼って裏切られたなんて、なんとも滑稽だ」

「千手楼もしょせんは凡人だな。人望がなく、子どもに頼って裏切られたなんて、なんとも滑稽だ」

「ふふっ　それでは、本物の『玉枝』で、私たちが【蓬莱郷】の入り口を開けましょう」

サイは『玉枝』を、ルーレットの中心のくぼみにはめた。

皆、一様に息をのむ。

サイが力を込めれば、ノブになった『玉枝』は回転して。

円盤は回った。

カラカラカラッ
モネはじっと、その様子を見つめる。

ただただ、回るルーレット。

その回転が遅くなるにつれ、モネの顔がどんどん青くなる。

ゆっくりと時間をかけて、ルーレットは止まった。

そう、止まった。

何も起きることなく。

入り口は開かなかった。

「え、え？　なんで？」

ルーレットを、ぼう然と見つめるモネ。

その真っ青な顔に、汗が流れる。

「……開かないな」

アベルの低い声が、ルームに響く。

冷たい空気が、部屋に満ちた。

カチャッ　4つの銃口が、モネを向く。

泣き出しそうなモネは、意味もなくきょろきょろと辺りを見回した。

「うそを、ついたんですね」

するどい眼で、無線に手をあてるサイ。

「こちら、サイ。そちらの3人は？　……おい、応答しなさい」

無線がつながらないことに、サイが顔をしかめる。

そのとき。

耐えきれない、というように天をあおいだモネが。

「うわーん！　**はやく助けてよぉ！**」

そう泣き叫んだ。

コツコツ……

「ん？」

かすかな足音に、アベルが振り向いた瞬間——

ゴッ

右ストレートが、その頬にめりこんだ。

「ぐはっ」

床に吹っ飛んだアベルを見下ろすのは――

「**正当防衛**や！」

ニヤリと笑う楓だった。

「楓、もう好きにやっていいよ」

あざみがそう言えば、楓は嬉しそうに首を回した。

「やっちゃえやっちゃえ！」

ルーレットの陰に隠れたモネは満面の笑みで、こぶしを上げる。

さっき流した涙はすでに引っ込んでいた。

楓は、しぶしぶという顔でモネを見ると。

床に倒れたアベルに言った。

「お前は、最後や」

そして、楓は、銃を構えるサイに向き合った。

「サイ、お前が1人目や」

「野蛮な負け犬は、大人しくしていなさい！」

サイが引き金を引く瞬間――一気に間合いをつめた楓が。

ガンッ　銃を蹴り上げた。

その衝撃にサイが反応するよりも早く――楓は反動を使って、回し蹴りをくらわせた。

「かはっ」

床に倒れたサイは、あまりのスピードと威力に、まだ状況をのみ込めていない。

すかさずぼくは物陰からとび出て。

「大人しくしような」

サイをしばりあげた。ぼくらをしばっていた縄で。

「『スパギャラ』っていうのはね」

ぼくは、楓の猛攻撃を見ながら、床に転がるサイに歌うように言った。

「超で極度の」

ブンッ　2人目に倒すと決めた隊員を、楓がすごい勢いで振り回して、ぼくの方にほうり投げてくれる。

「銀河で」

ぎゃーっと、楓に追いかけられる3人目の男の悲鳴が響く。

「音速な」

高速の飛び蹴りで3人目を気絶させた楓は、ぼくの所まで引きずって持ってきてくれた。

「仲間なんだ」

ぼくは、サイと2人の隊員を、しっかりとしばりあげた。

「あっははっ 意味わからないよね。ぼくはやっぱり『スパギャラ』が大好きだ」

ぼくはまた破顔した。

これは、満面の笑みってこと。

「お、お前らっ！　こんなことをして、ただで済むと思っているのか！」

やっと立ち上がることができたアベルが、顔を真っ赤にして叫ぶ。

パァンッ
アベルのはなった銃弾を、顔をかたむけてよける楓。

「く、来るな！」

圧倒的な力の差に、目を見開いたアベルは、次は剣を構える。

その剣が振り下ろされる前に。

ゴッ　楓はアベルの頬を殴った。

よろけたアベルの手から剣と銃を奪った楓は、それを床に捨てる。

やめろ、とアベルは首をかすかに横に振る。

そんなアベルにゆっくりと近づいた楓は、その頭を両手でつかんだ。

「なあ、あんた。わたし、頭がそんなよぉないから、わからへんねんけど」

ガクガクとふるえるアベルに、顔を近づけて、至近距離でにらむ楓。

「あんたが倉庫裏で質問攻めしてきたとき、最悪な記憶をたくさん思い出させてくれたなぁ。あれなんや？　あの後から、めっちゃ気分悪いねんけど」

低い声で、楓は、ゆっくりと顔を離して。

ガッ　勢いよく頭突きをした。

「ぐはっ」

意識をとばしそうになるアベルの頬をぺしぺしとたたいて。

「わはは、あかんあかん、まだ寝る時間ちゃうで」

もう一度、顔を近づけて、楓は笑った。

「なあ、よぅ覚えときや。わたしは、汚いもんと、仲良くないやつにバカにされんのが、大嫌いなんや」

ガッ　二度目の頭突きに、アベルは気を失った。

「こっわ……」

ぼくは、心の底から、楓を敵には回したくないって思った。

ブンッと、アベルをぼくの方にほうり投げる楓。

ぐあっと声をあげて意識を取り戻したアベルが動けないうちに、ぼくはその身体をしっかりとしばりあげた。

「こちらにどーぞ！」

上機嫌なあざみが、巨大なカートを操作して持ってきた。

可燃ゴミをつめ込む、巨大な移動式ゴミカートだ。

そこに、ぼくと楓は、拘束した４人をほうり投げる。

「「「「ぐえっ」」」」

重なった衝撃(しょうげき)に、男たちのうめき声が聞こえた。

中にはすでに、ぼくたちを監視していた6人の隊員が、縄でくくられて入っているんだ。

「縄をほどきなさい！」

「こ、ここから出せ！」

ジタバタと暴れるサイとアベルを見下ろして。

あざみはカートに頬づえをついた。

「バカなあんたたちに3つのことを教えてあげる」

しばられて顔しか動かせないサイとアベルをのぞきこむように、あざみはにんまり笑った。

「1つ目は、カジノゲームがどんな勝負だったとしても、**おれたちが勝ってた**ってこと」

「ぼ、僕がAIシステムのオーナーだからね。ふへへへ」

ぼくはにこにこしちゃう。

ぼくがルーレットを確認したとき、テーブルの裏では、スペードマークが黒く光ってた。

つまり、モネがハッキングしたAIシステムは、しっかりと機能しているってこと。

だから、ぼくは『問題はなかったよ』って言ったんだ。

そして、あざみがバロイア国に野望を語らせてる隙(すき)に、モネがこっそりスマートフォンで、ボールが〝赤〟に落ちるように、システムに命令をしてたんだ。

「ぼ、僕のおかげだね」

「コンピューターは、モネがだます。人間は、おれがだます」

「お前ら……やっぱりイカサマしやがって」

「2つ目は、レコーダーをもってるのは、**おれだけじゃない**ってこと」

楓が胸ポケットから、レコーダーをだした。

「あんたらの弱みをにぎれるのは、あざみだけやないで」

「「なんだと⁉」」

「さっきの『スペード印』への陰謀のセリフは、楓がちゃーんと、録音してるんだ」

サイとアベルの見開いた目に。

あざみは目じりを赤くして、最高に気持ちよさそうに、笑みを深める。

「ばかだなぁ。そもそも、このレコーダーがなくても、おれたちとその周りの音は、この軍事用の首輪で録音されるんだ。その記録はバックアップに残る。つまり、このレコーダーの音声が加工してると疑われても、正確な音声だって証明できるんだ」

データをあさるのは大変だから、レコーダーを使ってたんだけど、やれないわけじゃない。と肩をすくめて、煽りに煽るあざみは、心底楽しそうだ。

「3つ目は――言っただろ？　**リーダーは、楓だって**」

となりに並んだ楓の肩にひじをおくあざみ。

2人はニヤッと笑った。

「わたしはレコーダーも持っとるし、縄も引きちぎれるし、お前らの骨だって、いつでも砕けんねん。よお覚えとけよ」

そう言って、楓はひたいと手を消毒しながら、黒手袋をカートに捨てた。

真っ青な顔で声をだせないアベルとサイ。

「ししししっ　そんなリーダーの録音してくれた音声を『スペード印』に贈れば、お前らは一発アウトだよ」

カジノルームで拘束されていたときに、突然あざみが、サイに勝負をしようなんて提案するからあせったけど。

あのときのあざみは上目づかいだった。

ルーレットゲームは、バロイアの弱みをにぎるための、時間稼ぎだったんだ。

よく思いつくよ、ほんと。

「あんたら、知っとったか？　バカっていうほうが、バカなんやで」

楓は、ハッと口を大きく開けて笑う。

前にスルーされたこと、根に持ってるな。

「使えない頭は、大変だね。あーあ、ザンネン、あんたたちは、おれらの手のひらで転がされてたんだ」

あざみもハッと口を開けて、心の底からバカにするように笑った。

「ねえ、負け犬に負ける気分はどう？　ここから逃げたくならない？　あ、でもむりかぁ。きみたちは、逃げたらおれたちと同じ負け犬になっちゃうもんね」

きゅるんとした目で、満面の笑みを浮かべたあざみは、カートから離れた。

サイとアベルは、怒りと悔しさで、すごい顔色になってた。

「うん、10人、全員乗ったな」

ぼくはカートをのぞきこんで、人数を確認する。

「お、おい、お前、助けてくれ！　1番まともなお前なら、良心が痛むだろ！」

アベルがぼくに叫ぶ。

たしかにぼくは、『スパギャラ』のなかで、1番まともだ。

でも、まともだからといって、別にいいやつではない。

だから、良心は痛まないんだ。

ぽちっ　ぼくは、ゴミ用カートの自動ボタンを押した。

モネがＶＩＰルームの扉を開ける。

「こ、このカート、便利だね」

カートは、バックヤードのゴミ収集所まで自動で戻っていく。

封鎖された満月島には、ぼくら以外だれもいないし、セレモニーの終わった三日月島にも、ほとんどゲストはいない。使用人も最小限しかいないと思う。

きっと、数分後には、人気のないバックヤードを通ったバロイア国の10人は、魚の骨とかの生ゴミや、だれかが鼻をかんだティッシュなんかにつつまれることになる。

そんなカートを、ぼくたちは爽やかな気分で見送った。

「ふう、い、一件落着だね」

ひたいの汗をわざとらしくぬぐうモネ。

「モネ、お前は本当に」

がしっとモネの首根っこをつかんだあざみに。

モネがビクッと跳ねる。

「演技だとしても、ムカつくなぁ」

怒りのすじをひたいに浮かばせるあざみの手を振り払うと、モネは全力でぼくの背中に隠れた。

「あはは、まあまあ、渾身の演技だったんだ、ゆるしてやれよ」

「……しょうがないなぁ」

あざみは、モネをにらむのをやめた。

「あ、あのね」

背後から声がして、振り向けば、モネがぼくを見上げていた。

「ん？」

「と、友だちっていうのはさ、食べ物なんだ」

突然話し出すモネの言葉に、ぼくの頭には「？」が浮かんだけど。

それでも、ぼくはだまってうなずいて、つづきを聞いた。

「たいていはさ、腐るんだけど。たまに、うまく腐って、発酵して、おいしいチーズみたいなのを発見するときもあるんだ」

モネは、うまいこと言った、みたいな顔でぼくを見てるから。

「モネはすごいね」

意味はわからないけど、ほめておいた。

モネが満足気に笑ったから、ぼくの返事は合ってたみたいだ。

「これで、バロイア国も潰せたし、セカンドゲームは完璧」

そう言って、ジャケットの裏地の間に、手を入れたあざみが取り出したのは。

照明の光に輝く、『玉枝』だった。

「やっと、〝本物〟を使える！」

そろそろ、ぼくらのセカンドゲームの計画を、振り返ろうかな。

SECTION4　セカンドゲームの勝敗

1．悪友どものネタばらし

――時をさかのぼること、約1ヶ月前――

8月1日　in別館のロビー

「セカンドゲームのはじまりだ」

そう、あざみは言った。悪い顔で。

「おれたちはこのゲームで、**3つのミッション**を遂行する」

3本の指を立てるあざみ。

「1つ目は、**【100億円求人】。100億円を手に入れて、首輪を外させて、千手楼を潰す**」

もうすでに、あざみの頭の中には、それを可能にする計画があるんだ。

「2つ目は、**『玉枝』を取り返して、バロイア国を潰す**」

そうこなくっちゃ。

「3つ目に、**【蓬萊郷】へ行く**」

あざみの言葉に、ぼくらはニヤッと笑った。

「ぼくたち『スパギャラ』が、100億円の求人なんて簡単な依頼をこなすだけで、終わるわけないもんな！」

「ち、ちなみに、僕がこの別荘地に入ったときに、この全域のカメラや盗聴器のハッキングは終わらせたよ。そ、それから僕らの首輪の機能もちょっといじったんだ。だから、いまの映像も会話も全部、ちがう内容で記録されてるよ」

「これで、ぼくらは、こっそりこの敷地から出て、ゲームの準備をしてもバレないな」

「なあ、でも、そんなミッションを3つもできるんか?」

楓が前のめりになる。

「ミッションは、独立してるわけじゃない。全部つながってるんだ」

ニヤッと笑って。

「この計画を成功させるために1番重要なのは——高橋」

あざみが、丸い目をぼくに向ける。

「ニセモノの『玉枝』を、2つ用意してくれ」

「まかせてよ」

数日後。

ぼくの手元には、ニセモノの『玉枝』が2つできていた。

それから、数十日後。

【トコヨノクニ】の会場に、『玉枝』が設置される日。

あざみとぼくの姿は、作業員に変わっていた。

ぼくらは、『玉枝』を設置する、特殊資格を持った作業員に変装したんだ。

偽造した身分証を提示して、バレることなく会場に潜り込んだぼくらの前に、『玉枝』は運ばれてきた。

10人の軍人の厳戒な警備のもと、バロイア国の代表により、いくつもの鍵やパスコードのかかった箱が開けられる。

盗難防止のために、危険な薬品の塗られた箱から。

ぼくとあざみは『玉枝』を取り出した。

ジィ――――ッ
『スペード印』のエンジニアが、AIシステムを操作してケースを開けるタイミングで。

すでにオーナーになっていたモネが、AIに命令を出す。

本郷グループとバロイア国が、開いていくケースを見守る。

勝負のタイミングは、この10秒間だけ。

開いたガラスケースに、『玉枝』を入れていく。

あざみと、目が合った瞬間――

ぼくは、カメラと、会場にいる人間の視界をさえぎるように移動をして。

その一瞬に、あざみは〝本物〟をすり替えた。

ぼくらが会場をあとにしたとき。

展示されているのは、ニセモノ①で。

あざみのポケットには、〝本物〟が入っていた。

こうやって、ぼくらのゲームは、オープニングセレモニーの前からはじまってたんだ。

――いま現在――

巨大なルーレットのあるVIPルームで。

ぼくらは本物の『玉枝』をながめている。

「結局、本物はずっとあざみが持っとるってことやんな！」

「しししっ　そう！　オープニングセレモニーから、おれは本物とニセモノ②を持ってたんだ」

「さ、作戦では、セレモニーで僕が明かりを消して、ショーケースを開けてさ」

「あざみは、使用人としてガラスケースに近づいて、展示してあるニセモノ①を、すり替える**ふり**をしたんだよな」

モネとぼくの言葉に、あざみはうなずいて目を細める。

「まあ、もともとの計画では、おれたちは楓と合流してから、千手楼にニセモノ②を渡して、【蓬莱郷】の場所をつきとめる予定だったんだけどね」

「場所が分かり次第、楓に千手楼を倒してもらう計画だったもんな」

あざみの言葉につづけば、うんうんとモネがうなずく。

「そ、それから、ついでに、展示室に残したニセモノ①の『玉枝』を使ってさ、バロイア国をおびきよせて、４年前の仕返しもしようとしてたもんね」

そう言いながら、まあ、計画どおりにはならなかったけどね、とモネは両肩を上げる。

残念ながら、あざみとモネとぼくは、千手楼の部下に捕まるっていうミスをしてしまった。

しかも、もう１つ予想外なことが起きたんだ。

「まさか、楓が偶然、バロイア国に捕まるなんてな」

想定外の事態に、楓と合流できなかったぼくたちは。

予定よりも早く、千手楼と接触して、ニセモノ②を渡すことになった。

そして、千手楼に「バロイア国は本物を展示していなかった」ってうそをついて、3人でなんとか逃げたんだ。

「その後、楓と合流するためと、バロイア国に接近するために、おれたちは、わざわざ捕まってやったんだ」

あざみが、捕まるなよなって、楓をにらむ。

楓はそっと目をそらした。

「あっははは、当初の計画じゃ、こんなにピンチになる予定じゃなかったけど、これはこれで楽しめたな」

予想外のことが起こりつづけたけど。

『スパギャラ』のメンバーがいればどうにかなるって自信が、ぼくにはあった。

「そうだ！　ぼ、僕の裏切りの演技、よかったろ？　サイたちがルーレットに夢中になってたおかげで、隙をついて、簡単に倒すことができたでしょ！」

ぼくの背中に隠れながら、あざみをうかがうモネ。

実は、不測の事態が起きたとき、モネがバロイア国側につく、裏切り者役を担う約束をしていたんだ。

モネは結構、演技がうまい。

「ああ、打ち合わせどおりだった……でも、ムカついた」

モネはぼくの背中に完全に隠れた。

「だ、だからって、もっとはやく助けにきてもよかったでしょ！　怖かったんだからね！」

「なんか、モネのベーが、想像以上にムカついたんやもん」

「たしかにイラッとしたね。モネ、あそこまでやる必要ないだろ？」

「ちょっと興がのったんだ」

後ろを振り返ったぼくに、モネは肩をすくめた。

「じゃあ、しょうがないな」

「高橋は、マジでモネに甘過ぎ」

「ぼくはみんなに甘いよ」

あざみはたしかに、とため息をつく。

「なあ、あざみ、それどうするんや？」

あざみのにぎる、バロイア国の野望が録音されたレコーダーを指さす楓。

「……おれは、バロイア国のことを、絶対にゆるさない」

じっと手の中を見つめるあざみ。その眼は、ひどく暗かった。

この音源を『スペード印』に送ったら、きっとバロイア国は潰れる。

あざみと、目が合った。

「まあ、『スペード印』に売るっていうのは、ちょっと芸がないかな。おれは、おれのやり方で、これからじっくり報復してやるつもり」

ニッと悪い笑顔で言ったあざみに、ぼくは笑った。

「ヤマトなら、そう言うよ」

あざみの尊敬してる人の名前をつかって、ほめてみた。

「……わからないだろ、そんなこと」

「そうだね、わからないな。でも、わからないから、そう言えるんだ」

あざみは半目になった。

「高橋、お前って本当にテキトウだね」

「どういたしまして」

あざみは目をぐるっと回して、ルーレットの方へ歩いていった。

楓は満足そうに、わははと笑って、そのあとをついていく。

「あっははは　とにかく、結果オーライだな」

そう。

今回の作戦は、ぼくらにとって、全ては手のひらの上で転がすようなゲームだった。

ここまで、ぼくはたくさんとぼけていたけど。

でも、この物語の最初に言ったよね。

ぼくの話すことは、だいたいテキトウだってね。

2. 業務終了！

8月31日　午前4：00　inVIPルーム

「じゃあ、そろそろ、本物を使うか」

目の前には、巨大なルーレット台。

ぼくたちは、互いに目を合わせた。

金と銀でできた枝に、4つの真珠がついた本物の『玉枝』。

照明の光があたるたびに、その美しさをあますことなく輝かせるそれは。

いま、ぼくたちの手にある。

とうとう、ここまで来たんだ。

「今回の作戦で一番活躍したのは、**リーダー**かな」

そう言ったあざみが、楓に『玉枝』をつきだす。

少しの間、ぽかんとしていた楓は。

それでも、ぼくたちがうなずいたのを見て。

「そうやな、リーダーのわたしのおかげやからな」

顔を赤くして、嬉しそうにニカッと笑った。

「壊すなよ」

「わたしが1番それを怖がっとる」

楓は、黒手袋を新しいものに変えると。

ふるえる手で、ルーレットの中心に『玉枝』をさした。

「い、いくで」

ごくりとつばを飲み込んだ楓は、『玉枝』を回した。

カラカラカラッ
軽快な音をたてて、金に縁どられたルーレットが回る。

そして――

パァアッ
明るい音とともに、『玉枝』についていた真珠が割れた。

「「「え!」」」

割れた真珠の中から、クリスタルの花が開き咲く。

「なんやこれ!」

「ほ、本物の『玉枝』は、扉を開くとき、花が咲くんだ!」

クリスタルの花は、満開になり。

まるで枯れるように、枝からはなれていく。

カランッ　カランッ

そして、『玉枝』は使命を終えたように、バラバラになって落ちていった。

そのとき、1つのクリスタルの花の中から、透明な石が、コロンッと落ちた。

まるで、最後に種を残すみたいに。

3センチほどの石は、他の欠片より少し大きいだけで、ただのクリスタルのくずのように見えた。

あざみも楓もモネも、その石を目で追ってたけど、興味をなくしたみたいで、その視線はすぐにルーレットに戻った。

「『玉枝』は、一度開いたら崩れる仕掛けになってたんだな」

『玉枝』が崩れ落ちても、ルーレットはカラカラッと音をたてながら回りつづけて。

「す、すごいよ！　あれ見て！」

丸い盤上は、十字を描くように、4つに分かれた。

そして、円盤が花咲くように、ゆっくりと外側に開くと。

直径2メートル幅の、丸い穴が現れた。

「扉が、開いたんや！」

「こ、これが……【蓬莱郷】の入り口なんだ」

つばをのみこんで、ぼくらは中をのぞきこむ。

中は、真っ暗で何も見えない。

マンホールの中みたいに、深い穴が下につづいてる。

「これ、どこまでつながってるんだろうな？」

ぼくは、あごに手をあてる。

「まさか……ブラジルとかか？」

楓の言葉に、ぶはっと吹き出したあざみが、ひじでその腕を押す。

「そうかもね、地球の反対側まで行けちゃうかもね」

「いま、バカにしたやろ」

あざみのひじをペシッと払う楓。

「も、物とか、なんか落としてみる？」

モネが胸ポケットから、ボールペンをだして、穴に落とす。

ぼくたちは耳をすました。

長い間待ったあと、カンッと下の方から音が聞こえた。

「うーん、500メートルくらいかな」

「……高橋、いまの音だけでわかったんか」

楓が、この世の者ではないものを見るような目で、ぼくを見つめた。

「ねえ、穴の中にはしごがある」

あざみの指さした先には、はしごが1本かかっていて、下に降りられるようになっていた。

「こ、ここの地下に、【蓬莱郷】があるってことだよね」

緊張してきた、とモネは胸を押さえて深呼吸をくり返してる。

「伝説の武器商人、本郷武蔵がつくった、理想郷……」

「夢を叶えてくれるんや」

あざみも楓も、目をキラキラさせて、穴をのぞきこんだ。

床に落ちている、役目を終えた『玉枝』の欠片をよけながら。

ぼくらは、はしごに近づいた。

「電気のスイッチみたいなものは見えないから、それぞれライトをつけて行こっか」

ぼくらは、小さな懐中電灯を腰のベルトにはさんだ。

でも、モネだけはかなりしぶっている。

「うえーん、高橋ぃ、僕、はしご下りたくないよ。僕は閉所恐怖症で暗所恐怖症なんだ！」

生きるのって大変だ。

「そういう場合って、どうすればいいんだ？」

「僕と命綱をつないで！　不安なんだ」

モネの持ってたパソコンケーブルを結んでつなげて、ぼくとモネの腰にそれぞれ結んだ。

「これでいい？」

モネは何度も小刻みにうなずいた。

「じゃあ、何かあったときに対応できるように、1番は楓、2番にあざみ、3番はモネで、最後にぼくが行くよ」

「いくで！」

ウェットティッシュで汗をぬぐって、はしごを下りていく楓。

ギシッ　ギシッ
鉄のはしごのきしむ音が、穴に響いてる。

「この先に、【蓬萊郷】があるんや……」

下から聞こえる楓の声は、ふるえていた。

真っ暗な穴の中。

小さな懐中電灯のライトでは、照らせる範囲は限られている。

かなりの時間がたったように感じたころには、広い空間に、宙ぶらりんにはしごだけがかかっている状態になっていた。

ぼくたちは永遠に感じるほど長いはしごを、ひたすら下りていった。

「わっ」

楓のおどろく声がした。

「楓、なんかあったのか!?」

「ついたんや！　地面！　な、なんやろ、これ……」

「待って、自分の目で見たいから！　ネタバラシはなし！　だまってて！」

あざみの声は期待にうわずっている。

「は、早く見たい！　あざみ早く下りてよ」

モネの声に、うるさい、とあざみが返す。

「ぼくがつくまで、みんな静かにしててね。ライトも消してていいんだよ」

でも3人とも、ライトは消さなかった。

カツンカツンッ
軽快な音を立てて、最後にぼくは、地面に足をつけた。

モネはすでに命綱をほどいてた。

なんだろう、このちょっともやっとする気持ちは。

「あ、床に、明かりの電源があるよ」

モネが、はしごの近くの床にある電源装置を見つけたみたいだ。

「なあ、もう、はよ見たい！」

興奮を抑えきれない、という声で、楓が急かす。

「つ、つけるよ！」

カチッ
まぶしい光が、地下を照らした。

円形の室内に、光が満ちる。

そこにあったのは――

「え」

「なに、これ」

「なんや……」

「う、うわ……」

戦闘機、戦車、ミサイルに、銃やナイフ。

そして壁をおおうように並ぶ、**無数の軍用ロボット**。

「うそだろ」

満月島と同じ広さの地下には。

様々な武器や戦闘機の〝戦争キット〟が並んでいた。

「これが、理想郷？」

あざみがまばたきをくり返す。

「う、う、うわーん！　ぜんぜん理想じゃない！」

「……夢を叶えてくれるんや、ないんか」

ぼう然と、地下室を見回した楓。

その眼から、光が消えた。

3. 楓の理想郷

わたしには、嫌いなものが多すぎる。
汚い場所、汚いもの。母親、父親。学校。クラスメイト。
他にも、たくさん。
学校で、〝親ガチャ〟って言葉を聞いたとき、私はハズレを引いたんやって思った。
自分で親を選べへんのは、ほんまにしんどい。
だって、わたしの親は、「ふつう」やなかったから。
物心ついたときから、わたしはいつも同じ服を着てて。
風呂に毎日入るってことを、知らんかった。
また、ケンカしとる。はよ終われ。また殴られたない。
ただ、いつも部屋のすみでひざを抱えて。
ケンカしてる父さんと母さんを見てた。
父さんは、わたしが5歳のときに、帰ってこうへんようになった。
だから、わたしはゴミであふれた家で、母さんと生活してた。
母さんはひどく気まぐれやった。

お金がないのに音のうるさいところに行って、負けたと言って、わたしを殴った。

お酒をのんで上機嫌になったと思ったら、気にさわったことがあっただけでわたしを蹴った。

「お前のせいだ」

そう言われつづけてきた。

父さんが帰ってこうへんのも、ギャンブルで負けるのも、お酒にのんだくれるのも。

全部、わたしのせいらしい。

おかしい。って、小学校に行きはじめてわかった。

これが「ふつう」じゃないんやって。

わたしは汚いんやって。

教室で、汚い、臭い、近よるなって言われて。

ムカついたから、殴った。相手の鼻から血が出ても、なんとも思わんかった。

ムカつくから殴る。うるさいからだまるまで蹴りとばす。

これ、「ふつう」やないみたいや。

お風呂に毎日入らないのも、ごはんが給食しかないのも。

ムカついたから殴るのも、殴られるのも。

「ふつう」やない。それがわかったとき、わたしは、汚いものがダメになった。

「なんで、わたしを産んだんや?」

そう聞いたとき、一週間、学校に行けなくなるくらい殴られた。
このままじゃ、死ぬって思った。
ギャンブルに行った母さんが、ひらきっぱなしやったパソコンを見た。
ここから悪いサイトに入れるって、酔った母さんが言ってた。
母さんがいいひんとき、わたしは、そのパソコンをいじるようになった。
小学4年生のある日。
ひどく殴られて、学校に行けなかったとき。
ひらきっぱなしのそこに、子どもができるアルバイトがのってた。
母さんが、昨日ずっと見てたやつだ。
アルバイトの内容に、鳥肌が立った。このままやと、危ないって思った。
「逃げなあかん」
そのとき、わたしは逃げ道を見つけた。
『蓬萊郷に行きたい』っていうルームだ。
そこで、高橋とモネと、あざみと出会った。

現実はクソだ。日常はゴミみたいや。
だから、逃げきって、ここで、人生を変えたかった。
【蓬萊郷】は、わたしの夢だった。

4．たかが他人の理想郷

「【蓬萊郷】は、これなんか……？」

楓はぼう然と地下室を見つめていた。

「本郷武蔵が、死ぬまで隠し通したのが、こんなものなの？」

あざみは、思案顔で首をかたむける。

長い沈黙。

そして、重いため息が地下室を満たした。

ぼくは、ぐるっと周りを見回して、つぶやいた。

「そっか、ここは他人の理想郷なんだ」

楓が、ぼくを見る。

「他人の、理想郷？」

「ああ。ぼくたちにとっての、理想郷じゃなかった」

首輪をガリッと爪でかいて、ぼくはこぶしをにぎった。

ぼくは、こんな人殺しの道具のために、ここまで来たわけじゃない。

「……そっか」

楓は、袖で自分の目元をおさえた。

「そっか、たかが、他人の理想の場所なんや」

そう言って、小さく、笑った。

「あーあ！」

あざみは肺にたまった空気を吐き出すように、わざと大きな声をだすと。

「本郷武蔵って、もっとまともな男だと思ってた！」

楓の肩にひじをおいた。

「楓、おれたちは、もっとロマンのある大人になろーな」

体重をかけるあざみに。

うざいわ、と言いながらも、楓は軽く体重を押し返すだけだ。

「な？」

「……ん」

こくっとうなずいた楓の頭の上に、あざみはポケットティッシュをおいた。

「楓、ウェットティッシュしかもってないでしょ、ちゃんと鼻水ふきなよ」

「出てへんわ」

なんだかんだ、あの2人は仲がいい。

「ねえ高橋、ここすごいよ、ど、どんな強力な電波も、受信しない特殊な空間になってる！」

しばらくスマートフォンやパソコンをいじっていたモネが、ぼくのそばにやって来た。

確かに、ぼくのスマートフォンもずっと圏外だ。

「し、しかも、ステルス機能がついてる。だから、バロイア国がどんなに探しても、この地下は見つけられなかったんだ！」

「へえ、そんなこともわかるんだな？　モネはすごいな」

モネの話を聞きながら、ぼくは、壁際のロボットに近づいた。

人型とか四足歩行とか、いろんな形のものが並んでる。

あざみと楓もやって来て暇そうにながめている。

「なんで、兵器とかと一緒に、ロボットがあるんや？」

「戦争をするためだよ」

モネが平然と答えた。

その横顔は、冷静で、いつものモネと少しだけ空気がちがった。

ふと目が合ったモネは、ふへへ、といつものぎこちない笑顔になった。

「せ、戦争をするには、兵器や戦闘機を使う〝兵士〟がいるんだ。それも、最新の使い方をマスターした兵士が。だから、そのために育成をしないといけないんだ」

「へぇ、そうなんだ？」

「で、でも、ＡＩで動くロボットや兵器、無人戦闘機なら、それ自体に学習させて自動化すれば、兵士はいらないんだ。それに、機械は精神的に病むこともないし、壊れてもなおせるから使いやすいしね」

「なるほどなぁ」

ぼくは、壁をおおうロボットたちをながめた。

あざみと楓がケンカしてたり、あざみとモネが言い合ってたりするのを見るのは好きだけど。

戦争までケンカの規模が大きくなると、もう限られた人しかコントロールできない。

それって、悪い方にしか転がらないし、何も楽しくない。

ここにある兵器がいつか使われるかもしれないって考えただけで、ぼくは吐きたくなった。

「こ、ここにあるのは、バロイア国と『スペード印』の生産してる武器だけじゃない。このＡＩロボットも、見たこともないよ。ふへへ、陰謀を感じる」

モネの指さしたロボットには、見たことのない歪な文字と、かんきつ系の果物のようなマークが印字されていた。

モネは、もうロボットから離れて、スマートフォンのメモ機能に何かを書いている。たぶん、怪しいサイトに書き込む陰謀論のネタをまとめてるんだ。

「そろそろ、上に戻るか」

うなずいた２人と、スマートフォンに夢中になっているモネをつれて。

ぼくらは、はしごに向かった。

そのとき。

「ぐぇっ」

モネが何かにつまずいて転んだ。

「あーあ、歩きスマホしてるからだ、バカモネ」

そう言って、べぇっと舌をだすあざみ。

それを無視したモネは、足元を見て、バッと顔を上げた。

「ねえ、このスイッチ見て！」

前を歩いていたモネが、ぼくらに手を振った。

モネの指さした先には、カバーのついたスイッチがあった。

「このスイッチを押せば、ここに電波が届くようになるんだ！」

「へぇ」

つまんなそうに返事をしたあざみは。

じっとそのスイッチを見ていた。

○

数分後。

ぼくたちは、はしごの下に戻ってきた。

「はぁ、これだけ頑張ったのに、【蓬莱郷】はぼくらの理想郷じゃなかったな」

4年前、ぼくは【蓬莱郷】にたどりつけば。

日常から逃げられるって思ってた。

でも、ここには、そんな夢を叶えてくれるものはなかった。

ここは、ぼくの逃げ先じゃなかったんだ。

小さく息を吐いて。
ぼくは気持ちを切りかえるために、はしごを見上げた。
「じゃあ、上がるか」
長いはしごを上がったぼくたちは、また、ＶＩＰルームに戻ってきた。
開いたままの扉に向かって歩いているとき。
キラッと光るものがぼくの目にとまった。
それは、入り口を開けるときに『玉枝』からでてきた、透明な石だった。
じっと見つめたあと。
ぼくはそれをポケットに入れた。
「行こうか」
ぼくたちは、一度だけ【蓬萊郷】の入り口を振り返って。
ＶＩＰルームを去った。

5. 宿敵の逆襲

ボロ雑巾のようになった男が、【蓬莱郷】のはしごをかけ下りる。

部下から逃げきった男——千手楼だ。

「は、ははは、はっ！　ここが、【蓬莱郷】なのか！」

笑い声を上げながら、地下にたどりついた千手楼は。

そこにある武器に、目を輝かせた。

「本郷は、これを隠してたのか……」

ふと、千手楼は、はしごの下にあるものを見つけた。

「部下から逃げてるときに失くしたと思ってたが、なんでこんなところにある？」

それは、『スパギャラ』の首輪のリモコンだった。

「まあいいか、ははは、はっ！　あのクソガキどもも、これでこっぱみじんだ！　ガキがこの場所を知ってようが、死ねば全て解決だからな！」

もう、千手楼は正気ではなかった。

「会場で、ガキが4人爆発しようが、もうどうでもいい！」

その手は、笑いでふるえている。

「ははは　アハハハハッ」

『スパギャラ』の首輪は、100メートル以内に近づいたら爆発する。

その機能は業務がはじまってから、いままで、一時的に停止していた。

この瞬間に、リモコンでその機能を『開始』すれば。

4人の首は吹き飛ぶ。

「じゃあな、クソガキども」

千手楼は、**『開始』ボタンを押した。**

6. スーパーウルトラギャランティックソニックパーティーのやり方

ドッカーンッ

大爆発する海上の【トコヨノクニ】。

満月島が、地下からつき上げるように粉砕した。

「「「あっはははは！」」」

船上で、灰色の煙を上げて崩れる満月島をながめながら、ぼくらは笑った。

「あざみの作戦、本当に完璧だったな」

「おれは天才だからね」

「ほんますごいわ！」

「ふへへへ、生きて帰れてよかった」

思い返すのは、【蓬萊郷】であざみが思いついた作戦。

○

──時をさかのぼること、30分前──

「いいこと思いついた！」

【蓬萊郷】の地下室で、悪い笑みを浮かべたあざみは、電波を通すスイッチを押した。

カチッ
「**ここで、首輪を外すんだ**」

「え⁉　でも、100億円は、持ってへんよ？」

楓がまばたきをする。

ちっちっちと、指を振るあざみは、ニヤッと笑うと。

「**リモコン**を、盗んでおいたんだ」

ポケットから、それを取り出した。

「そ、そんなタイミングあった？」

「VIPルームで、モネ、お前に押されたときだよ、バカ野郎。千手楼に撃たれる前に、一瞬で盗んだんだ」

「あの数秒で、リモコンを盗んでたのか……ほんとにすごいな」

ぼくの称賛に、胸を張るあざみ。

「や、やるね。でも、事前に教えてくれたらよかったのに」

不満げな声を上げるモネと、うんうんとうなずく楓に、ぼくも同意だ。

あざみはニコッと笑った。

「もし、おれが窮地におちいっても、これがあれば1人で命拾いできそうだからね」

暴力って手段がとれない人間は、切り札はたくさんあったほうがいいんだよ、って話すあざみは、どこまでも策士で、どこまでも自己中心的だ。

まあ、ぼくも全てを3人に話す必要はないと思ってる。

だって、情報も立派な武器の1つだからね。

「でもまあ、あざみのおかげで命拾いしたよ。千手楼なら、いつぼくたちの首を吹っ飛ばしてもおかしくなかったからな」

あざみは、もっとほめてもいいよ？　とぼくに言う。

すると突然、モネが床に座ってパソコンを操作しはじめた。

「ふ、ふへへへ、実はさ、今日のオープニングセレモニーがはじまってからずっと、リモコンでどんな操作をされても**反応しない**ように、僕らの首輪の機能を一部だけいじってたんだ」

モネの言葉に、ぼくとあざみと楓は、口をぽかんと開けた。

「い、いつ千手楼に見限られるかわかんなかったからね。さすがに外すのはできなかったけど」

そう言って、もう機能を元に戻したからリモコンに反応するよ、とのたまったモネ。

「なんで教えてくれへんかったんや？」

「も、もし、なにかあったときに、切り札は多いほうがいいからね」

あざみのセリフを真似(まね)したモネは、にやっと笑った。

なるほど。

もしかしたらモネは、本当にぼくらを裏切る可能性を考えてたのかもしれない。

「はぁ、まあ、わたしはいざとなったら、何しても生き残るつもりやったからええけど」

いや、モネだけじゃない、あざみも、楓もだ。

ほんと、油断も隙もない。

大きなため息をついたあざみが、リモコンをかかげる。

「話を戻すよ。ここで、リモコンを操作すれば、おれたちの首輪は外せる」

その言葉に、身体中の血液が熱くなるのを感じた。

「じゃあ、4年間おれたちの首をしめてた枷を、外そっか」

あざみの押すボタンは。

『解除』

カチッカチッカチッカチッ
ぼくらの首輪から、小さな音が響いた。

となりのモネの首輪についた銀プレートを見れば。

【NO ESCAPE】（逃げられない）

のNOが消えて。

【ESCAPE】（逃げる）

の文字に変わっていた。

首輪をつかんで、ぐっと引けば、なんの抵抗もなく外れる。

「やっと、外れた……」

ぼくはそれをにぎって、何度も何度も、首元をなぞった。

「は、外れた。ほんまに外れたで！」

首輪を持って叫ぶ楓を見て。

「も、もう監視もない！」

ふるえる手でスマートフォンを操作するモネを見て。

「おれたち、もう自由だね！」

ニッと笑うあざみを見て。

「そっか……本当に、逃げきれたんだ」

その事実が、すとんと、ぼくの胸に落ちた。

逃げきれた。

その言葉に。その事実に。

身体の底から、熱いものがこみ上げてきて。

ずっと固まってた心が、はじけるように動き出した。

「あっははは！　やってやった！」

ぼくは、こぶしをつき上げて、叫んだ。

「逃げきったんだ！」

全身が熱くて、視界がうるむ。

口が勝手に笑い声を上げるくらい、どうしようもなく嬉しかった。

ぼくは、となりにいたモネの頭をくしゃくしゃっとかきまぜる。

「しししっ　高橋の声でっか」

「わははっ　これからなんでもできるな！」

「ふへへっ　いままで書き込めなかった陰謀論も、いっぱいのせられる！」

楓に肩をぶつけるあざみにも、それに軽くぶつけ返す楓にも、ぼさぼさの髪のモネにも。

もう、枷はない。

「ねえ！　もっといいこと思いついちゃった！」

きゅるんとした目のあざみが言った。

そのあざみのアイデアどおり。

機能を一時停止した首輪を、となり合うＡＩロボットにかけた。

その距離は、40センチくらいだ。

いまは『一時停止』している首輪を、リモコンで『開始』したら。

首輪は爆発する。

首元がすっきりしたぼくらは、はしごの下までやってきた。

「リモコンは、はしごの下に置いておこう」

あざみが、わかりやすい場所にリモコンを置く。

そうして、ぼくらは地上に戻って、用意していた船に乗ったんだ。

じゃあ、話を戻そう。

ドッカーンッ

大きな波しぶきが雨のようにぼくらに降りそそぐ。

「「「あっははは！」」」

船に乗ったぼくらの笑い声が、海上に響く。

「最高に気持ちがいいね！」

両手を広げたあざみが海の水しぶきをうける。

「船の用意も完璧なおれって、本当にいい仕事したよ」

「ああ、あざみはすごいよ」

まぶしい朝日の差すなか、船のエンジン音が響く。

「モネ、どうだ？」

ぼくは、モネのパソコンをのぞきこむ。

「ふへへっ　大丈夫。三日月島にしか、人はいなかったよ」

モネのハッキングしたカメラで、満月島に人がいないのを改めて確認する。

「あ、千手楼以外ってことね」

「あいつはどうせ、こんな爆発くらいじゃ死なないよ」

あざみは肩をすくめる。

朝日を背に、ぼくらはニヤッと笑った。

「しししっ　千手楼は、絶対にリモコンの『開始』ボタンを押すと思った」

「ふへへ、１００メートル以内のロボットの首輪が反応して、ぐ、偶然、爆発しちゃったんだ、かわいそうに」

わざとらしく話すあざみとモネの声には、同情の欠片もこもっていない。

「あんな島も理想郷も。悪いことにしか使われないだろうから。これでよかったな」

「なんか映画みたいやな！」

「ぼ、僕、人生で一番すごいことしちゃったかも！」

思う存分笑って。

どんどん遠く、小さくなっていく【トコヨノクニ】を見つめて。

ぼくたちは潮風に髪をなびかせて、船にもたれた。

朝の空に浮かぶ白い月が、海に映ってる。

そんな海に、【蓬莱郷】は沈んでいった。

砕けた『玉枝』と一緒に。

あざみが、『玉枝』はかぐや姫だって言ってたけど、本当にそうだった。

結果的に、だれの手にもあまる存在だったんだ。

【トコヨノクニ】のオープニングセレモニーは大失敗で、本郷グループの信用はきっと激落ち。千手楼は、トップから解任された。

かぐや姫を失ったバロイア国は、帝の『スペード印』とどうなるのかわからない。もしかしたら『スペード印』のＡＩシステムについて文句を言うことで、何かしらの交渉をするかもしれないけれど。

ぼくらを利用しようとして、逆に利用された大人たちは、きっとこれから大変だ。

でも、それについては、彼らの問題だ。

「しししっ　戦争の兵器をつくったり売ったりする悪いやつらをこらしめるなんて、おれたち良いことしたね！」

「平和に貢献しちゃったな」

「で、でも、むだ働きした気がする」

遠のいていく島をながめるモネは肩を落とす。

「たしかに。あーあ、100億円はもらえへんし、夢を叶えてくれる【蓬莱郷】は、クソつまんないやつやったわ」

楓が不満気にくちびるをとがらせた。

「でもまあ、これで、千手楼は完全に表舞台には立てないだろうし。バロイア国を脅せば、おれたちが命を狙われることもない」

あざみが朝日を見ながら、ニヤッと笑った。

「ちゃーんと、報復できた」

ぼくは、首元に手をあてて、そこに首輪がないことを確かめた。

3人の首は、首輪のあった部分だけが白くなってる。

ぼくの首も、きっとそんな感じだ。

この白さが、ぼくらが逃げきれたって証みたいで、ちょっと嬉しかった。

「楽しかったからいいかな」

そう言って肩をすくめれば。

3人は顔を合わせてうなずいた。

「しししっ！　おれたちは、千手楼から逃げきった」

「わははは！　ほんで、バロイア国をぶっ倒した！」

「ふへへへ！　『玉枝』も手に入れて【蓬莱郷】にも行ったね！　ま、まあ、全部壊したけど」

「あっはは！　『スパギャラ』のセカンドゲームは大成功だな！」

目を合わせて。

「ゲームクリアだ」

こぶしをぶつけたぼくらは破顔した。


もう、それがどんな顔かは、わかるよね。

添付書類①：心念あざみの報告書

【100億円求人】の計画報告書

宛先：千手楼
記入日：8月~~15日~~31日

準備期間：8月1日～29日
実行日時：8月30日～31日
計画：
21：00　展示されている“本物”と、ニセモノ①をあざみが入れ替える。
22：00　千手楼に“本物”を渡す。報酬として、100億円を4人が受け取る。

本当の計画
8月2日　『玉枝』のニセモノ①とニセモノ②の作製。
8月29日　17：00『玉枝』の“本物”と ニセモノ①を入れ替える。
（本物はあざみが所持）
8月30日　21：00　展示されているニセモノ①を入れ替えるふりをする。
（“本物”とニセモノ②は、あざみが所持）
早期に接触した千手楼に、ニセモノ②を渡す。
（楓と合流できず）
千手楼の弱みをにぎり、発信機をつけ、リモコンを盗む。
千手楼と決別、【100億円求人】は失敗。（ニセモノ②は大破）
逃亡しながら、千手楼を陥れることに成功。
8月31日　0：30　わざと、バロイア国に捕まる。（楓と合流に成功）
バロイア国の弱みをにぎる。（レコーダーは楓が所持）
不測の事態が起きた場合の計画通り、モネが裏切る。
モネとバロイア国は展示してあるニセモノ①を使用。
楓がバロイア国を倒し、ゴミ集荷場所へ送る。
“本物”の『玉枝』で【蓬萊郷】へ入る。
首輪を外し、ロボットにつける。
千手楼がリモコンを使用して【蓬萊郷】と満月島は大破。

結果：【100億円求人】：雇用主の契約違反により失敗
『玉枝』：入手成功（使用により破損）
【蓬萊郷】：侵入成功（爆破済み）
首輪：解除成功（爆破済み）

報酬：0円

報告者：心念あざみ

ぼくの日常

夏休みが終わって。
またいつもの日常がはじまった。
ぼくの部屋も、窓から見える景色も、いつもと同じ。
きっと、父さんはリビングで空き缶と一緒にソファで寝てる。
日常は変わらない。
でも、ぼくの首に、もう首輪はない。
ぼくは、首輪から逃げきった。
だから、あの3人とまたゲームができる。
いつでも、日常から逃げられる。
それなら――
「こんな日常も、悪くないかな」
なんて思えた。
ぼくはふと思い立って、勉強机の引き出しから、透明な石をだした。
砕けた『玉枝』から落ちたクリスタルの欠片だ。

だれにも気にとめられることのなかったこの石は。

ぼくが拾わなければ、きっと他の欠片やゴミと一緒に捨てられていたと思う。

でも、ぼくの特技の1つ目は、物の価値を見分けること。

この欠片には、クリスタルの層の下に、ある素材が使われていたんだ。

それは、地球には存在しない――ムーンジウム。

1グラム、10億円の価値がある。

この石は、約14グラム。

つまり――

「100億円も手に入ってよかった」

だれも気づいてなかったけれど。

実は、この石には、**100億円以上の価値**があったんだ。

――「本当の価値っていうのは、人がつまらんと思ったものにこそ、あったりするんだ」――

本郷武蔵（ほんごうむさし）の言葉と、悪ガキみたいだった眼（め）を思い出す。

もしかしたら、この石は、本郷が隠したかったものなのかもしれない。

【蓬莱郷】に夢中になった人たちが、『玉枝』に入っていた価値あるものに気づけないように、仕組んだのかも。

まあ、考えすぎかもしれないけどね。

100億円の石を、ぼくは太陽の光にかざした。

「次は、どんなゲームをしようかな」

小さく笑ったぼくは、石を引き出しにしまって。

竹刀を持って家を出た。

【100億円求人　END】

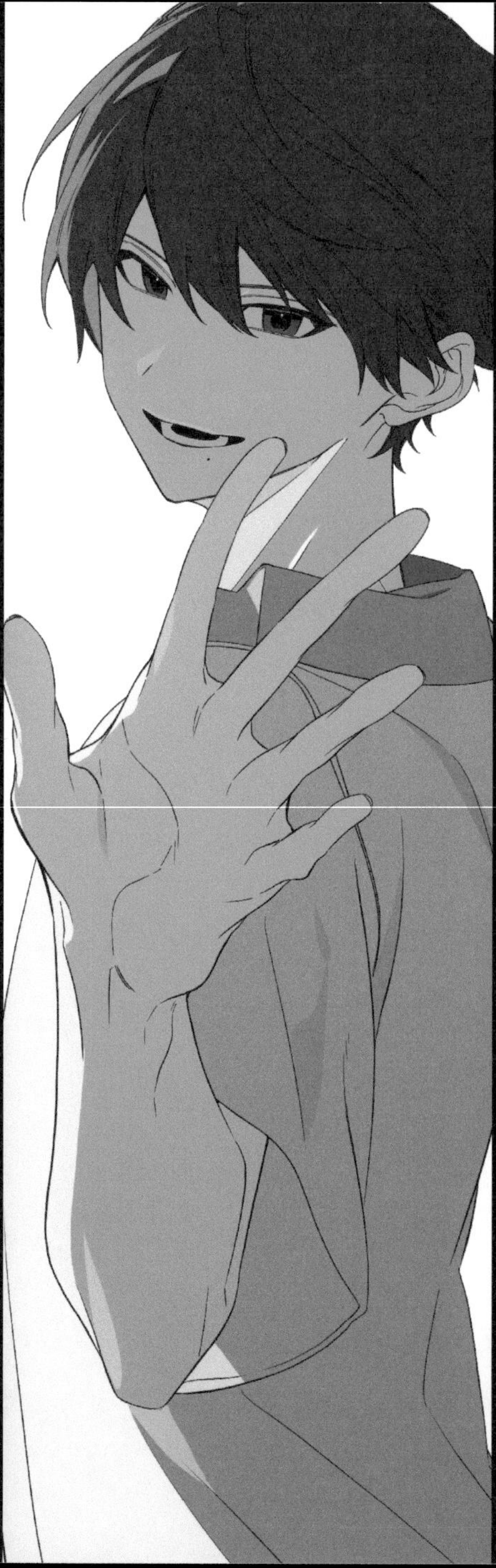

添付書類②：あんのまるの報告書

こんにちは。
『100億円求人』を記録した、あんのまるです。
この報告書では、この本ができた背景を報告させていただきます。

時は、ある夏休みの終わりごろ。
わたしは日本を1人で旅していました。
その旅先でたまたま、静かな隠れ家のような美術館を見つけたんです。
その展示室のソファに座って、のんびりと作品をながめていたとき。
わたしは、ある少年に声をかけられました。
それが、高橋くんとの出会いでした。
作家をしていると名乗ったわたしに、高橋くんは面白い話を聞かせてくれました。
それが、この『100億円求人』のお話です。
「もしよければ、このお話を、本にしてもいいですか？」
そう聞けば、高橋くんは嬉しそうに笑って、うなずいてくれました。
でも、1つだけ、約束をしてほしい、と高橋くんは真剣な表情で言いました。

「これから同じような怪しい求人を見つけても、〝きみたち〟は、決して参加しないこと。それは、ぼくたちのための求人だから」

わたしはその言葉を守るために、こうして、ここに記しています。

それに、『スパギャラ』の4人が、個性と特技がつき抜けた、ふつうではない中学生だったから、今回の危険な業務をクリアできたのだと思います。

どうか、この『100億円求人』の高橋くんの話を読んだ〝きみたち〟は。

決して、怪しい危ない求人には参加しないよう、心にとどめてください。

その約束を守ってくれたら。

高橋くんは、また面白い話を聞かせてくれるかもしれません。

『スーパーウルトラギャランティックソニックパーティー』の彼らが。

これからも面白いゲームをくり広げてくれるのを、楽しみにしています。

わたしからの報告は、以上となります。


追記：高橋くんの物語を一緒に本にしてくださった、最高の担当編集者Oさん。

素敵なイラストを描いて下さったｍｏｔｏさん、この本に関わって下さった全ての方々。

そして、この本を読んでくれたきみに、心から感謝を！

報告者：あんのまる

もう1つの結末

この世界には、わからないほうが良いことが、たくさんある。

たとえば、伝説の武器商人、本郷武蔵が隠したかった——

あるＡＩの話とか。

それは、【非時香菓】。別名、〝タチバナ〟と呼ばれた。

い、い、い、い、い、い、どんな夢も叶えてくれるＡＩシステム。

人類を幸福にすることもできる一方で、滅亡させることもできる。

終末兵器になりうるその存在は、危険すぎた。

「どうか、このＡＩを隠し通してくれ」

開発者は失踪する前にそう告げて、月の素材でつつむことで、その機能を一時停止させると。

本郷武蔵に、〝タチバナ〟を託した。

しかし、すでに「夢を叶えてくれる存在」のうわさは流れはじめ、人々はそれを求めはじめていた。

本郷は、ＡＩをある物に隠して。

その存在を潜ませるために、自らうわさを流した。

夢を叶える理想郷——【蓬莱郷】がある、と。

『玉枝』に隠されていた〝タチバナ〟は、不滅の命をもって。
だれかの〝願い〟を叶えることを待っている。
ある少年の、引き出しのなかで。

本書は書き下ろしです。

あんのまるさんへのファンレター宛先はこちら！
〒102－8177　東京都千代田区富士見2－13－3
角川つばさ文庫編集部　あんのまる先生係

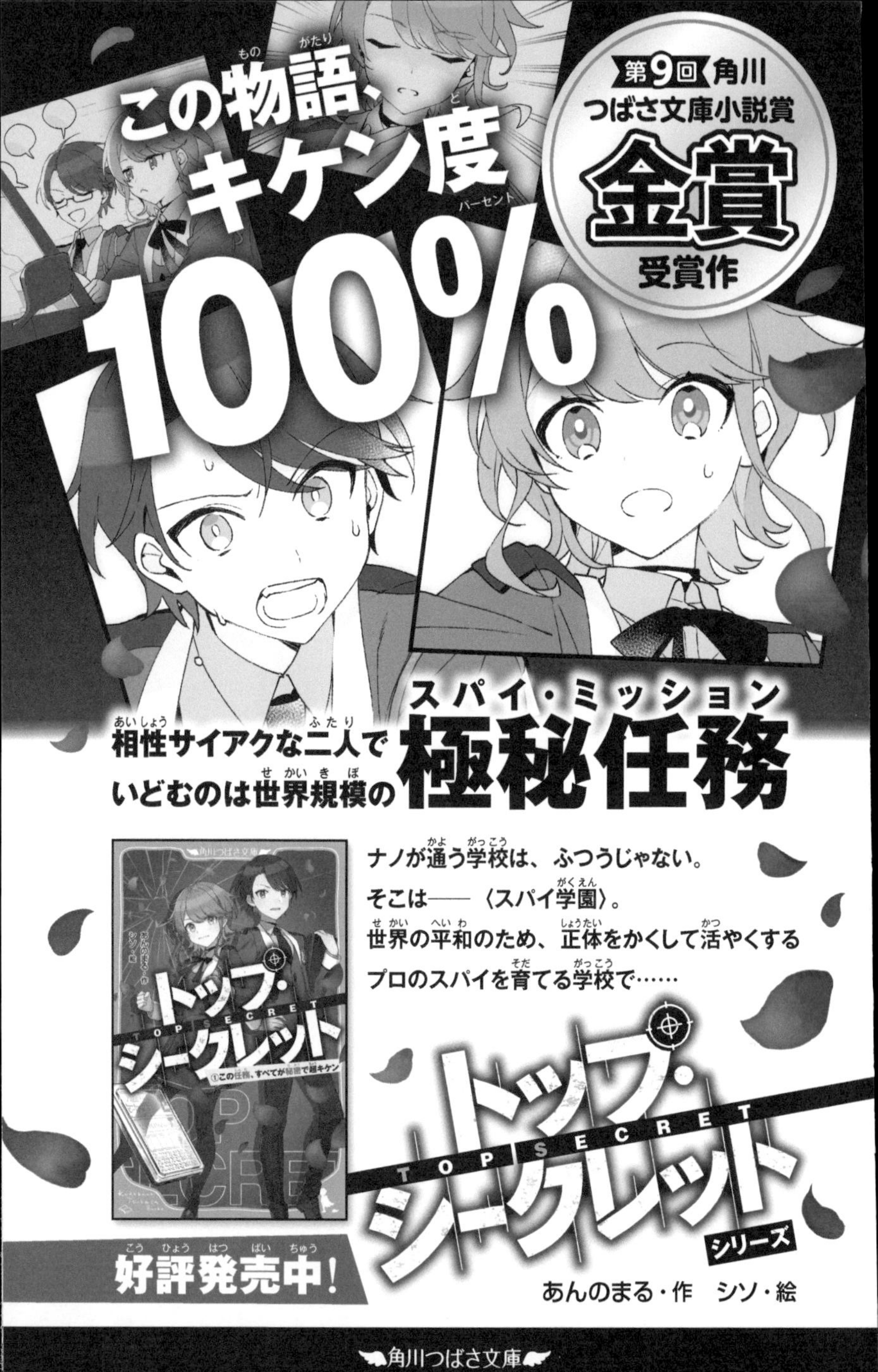

この物語、キケン度100%
第9回角川つばさ文庫小説賞金賞受賞作
相性サイアクな二人でいどむのは世界規模の極秘任務
ナノが通う学校は、ふつうじゃない。
そこは――〈スパイ学園〉。
世界の平和のため、正体をかくして活やくする
プロのスパイを育てる学校で……
トップ・シークレット TOP SECRET
①この任務、すべてが秘密で超キケン
好評発売中！
トップ・シークレット TOP SECRET シリーズ
あんのまる・作　シソ・絵
角川つばさ文庫

100億円求人

2024年2月7日　初版発行

作／あんのまる

絵／moto

発行者／山下直久

発行／株式会社KADOKAWA
〒102-8177　東京都千代田区富士見2-13-3
電話 0570-002-301（ナビダイヤル）

印刷所／株式会社KADOKAWA

製本所／株式会社KADOKAWA

●お問い合わせ
https://www.kadokawa.co.jp/（「お問い合わせ」へお進みください）
※内容によっては、お答えできない場合があります。
※サポートは日本国内のみとさせていただきます。
※Japanese text only

定価はカバーに表示してあります。

ISBN 978-4-04-114225-7　C8093

◆◇◇